KB128071

우리들의 일그러진 영웅

우리들의
일그러진 영웅

이문열 중편소설

알에이치코리아

출간 33주년
신판 서문

이른바 '87체제'의 전야, 그리고 시사용어로 '4·13호헌선언'
의 아침에, 조간신문을 읽고 난 다음 한참을 망연해 있던 나는
당시 내가 새로 쓴 작품 대부분을 발표하던 잡지사에 전화를
했다. 그리고 막 출근한 주간에게 그해 여름호 계간지 마감 일
자를 물었는데, 대답이 채 보름도 남지 않았다는 것이어서 나
는 조금 사정하는 투로 기한을 며칠 더 빌었다.

지금은 국가 원수까지 배출한 어느 유수한 대학에서 원로교
수님이 돼 가고 있는 그때의 젊은 주간은 난처해하면서도 4월
25일 마감을 최대 열흘까지 늘여 5월 초순으로 해주었다. 그
보답으로 나는 마치 오래 준비해 온 작품처럼 200자 원고지

350장 안팎이란 작품 원고매수까지 그 주간에게 밝혔는데, 실은 그 순간부터 구상에 들어갔다는 편이 옳다. 그토록 나는 늦어도 5월 중순에는 나가는 그 잡지 여름호에 반드시 그 작품이 실려야 한다는, 절박할 만큼의 시의성(時宜性)에 내몰리고 있었다. 그 시의성의 배경은 2000년대 초 민음사 출간 영역판 합본(合本) 서문에 조금 머쓱해 하며 밝힌 바 있다.

그때로부터 다시 17년, 이제 나는 아마도 마지막 교정 교열이 될 출간 33주년 판 서문을 쓴다. 정황은 좀 다르지만, 33년 전 87체재 형성전야 어느 시기에 느꼈던 시대의 엄중함이 이번에는 처절한 진통의 예감 이상으로, 불타고 허물어진 뒤의 적막과 황무함으로까지 다가든다. 그렇지만 이번에는 시쳇말로 찌질한 대로 들어볼 만한 데가 있던 한병태의 후일담조차 엮어볼 수가 없구나.

두 작품으로 한 권을 묶는 중편 선집 편제에 맞춰 80년대 초반에 발표한 중편 〈들소〉를 함께 묶는다. 역시 알레고리로 80년대 우리 사회의 어떤 단면을 구석기 미술사의 백미가 되는 한 원시동굴의 벽화를 빌어 돌아보고 있다. 사유(私有)의 발생과 권력의 형성을 예술의 본질에 대한 성찰과 함께 조금은 억지스레 형상화해 본 작품인데, 지난해 가을 한 80년대 학번 출신 경제 관료의 입에서 그 한 구절이 암기되는 걸 듣고, 나도 가슴이 철렁할 정도로 감동받은 적이 있다. 그 일 또한 서문에 함께 적어 〈들소〉를 읽지 못한 이들을 위한 서문으로 삼는다.

2020년 6월 30일
부악(負岳)기슭 가류재(可留齋)에서
이 문 열

차례

벌써 삼십 년이 다 돼 가지만, 그해 봄에서 가을까지의 외롭고 힘들었던 싸움을 돌이켜보면 언제나 그때처럼 막막하고 암담해진다. 어쩌면 그런 싸움이야말로 우리 살이가 흔히 빠지게 되는 어떤 상태이고, 그래서 실은 아직도 내가 거기서 벗어나지 못했기 때문에 받게 되는 느낌인지도 모르겠다.

석대가 먼저 내게 베푼 것은 주먹싸움의 서열을 바로잡아준 것이었다. 그의 그늘에서 부당하게 내 순위를 가로채 간 녀석들 가운데 몇몇은 호된 값을 치르고 내게 그 순위를 내놓아야 했다. 석대는 그새 나를 얕볼 대로 얕보게 된 아이들이 제 힘도 헤아려보지 않고 내게 함부로 이 새끼 저 새끼 하는 걸 보면 느닷없이 녀석을 윽박질렀다.

해명이 좀 늦은 듯한 감이 있지만, 어떻게 보면 아무래도 혁명적이 못 되는 석대의 몰락을
내가 굳이 혁명이라고 표현한 것은 실로 그 때문이었다. 비록 구체제에 해당되는 석대의 질
서를 무너뜨린 힘과 의지는 담임선생님에게 빚졌어도, 새로운 제도와 질서를 건설한 것은
틀림없이 우리들 자신의 힘과 의지였다.

햇빛이 부드럽게 내리쬐는 동굴 어귀의 공터였다. 성년의 남자들은 모두 사냥을 떠나고 여
인들도 젊고 힘 있는 축은 대개 야생의 열매나 낟알을 거두러 나가고 없었다. 보이는 것은
늙은이와 아이들 그리고 몇몇 특별히 남겨진 여인들뿐이었다.

우리들의 일그러진 영웅

제
1
부
——

1

벌써 삼십 년이 다 돼 가지만, 그해 봄에서 가을까지의 외롭고 힘들었던 싸움을 돌이켜보면 언제나 그때처럼 막막하고 암담해진다. 어쩌면 그런 싸움이야말로 우리 살이가 흔히 빠지게 되는 어떤 상태이고, 그래서 실은 아직도 내가 거기서 벗어나지 못했기 때문에 받게 되는 느낌인지도 모르겠다.

자유당 정권이 아직은 마지막 기승을 부리고 있던 그해 3월 중순, 나는 그때껏 자랑스레 다니던 서울의 명문 국민학교를 떠나 한 작은 읍의 별로 볼 것 없는 국민학교로 전학을 가게 되었다. 공무원이었다가 바람을 맞아 거기까지 날려간 아버지를 따라 가족 모두가 이사를 가게 된 까닭이었는데, 그때 나는 우리 나이로 열두 살에 갓 올라간 5학년이었다.

그 전학 첫날 어머님의 손에 이끌려 들어서게 된 Y국민학교는 여러 가지로 실망스럽기 그지없었다. 붉은 벽돌로 지은 웅장한 3층 본관을 중심으로 줄줄이 늘어섰던 서울의 새 교사(校舍)만 보아온 내게는, 낡은 일본식 시멘트 건물 한 채와 검은 타르를 칠한 판자 가교사 몇 채로 이루어진 그 학교가 어찌나 초라해 보이는지 갑자기 영락한 소공자의 비애 같은 턱없는 감상에 젖어들기까지 했다. 크다는 것과 좋다는 것은 무관함에도 불구하고, 한 학년이 열다섯 학급이나 되는 학교에서 공부해 온 탓인지 한 학년이 겨우 여섯 학급밖에 안 된다는 것도 그 학교를 까닭 없이 얕보게 했고, 남녀가 섞인 반에서만 공부해 온 눈에는 남학생반 여학생반이 엄격하게 나누어져 있는 것도 촌스럽게만 보였다.

거기다가 그런 내 첫인상을 더욱 굳혀준 것은 교무실이었다. 내가 그때껏 다녔던 학교의 교무실은 서울에서도 손꼽는 학교답게 넓고 번들거렸고 거기 있는 선생님들도 한결같이 깔끔하고 활기에 찬 이들이었다. 그런데 겨우 교실 하나 넓이의 교무실에는 시골 아저씨들처럼 후줄그레한 선생님이 맥없이 앉아 굴뚝같이 담배연기만 뿜어대고 있는 것이었다. 나를 데리고 교무실로 들어서는 어머니를 알아보고 다가오는 담임선생님도 내 기대와는 너무도 멀었다. 아름답고 상냥한 여선생님까지는 못 돼도 부드럽고 자상한 멋쟁이 선생님쯤은 될 줄 알았는데, 막걸리 방울이 튀어 하얗게 말라붙은 양복 윗도리 소매부터가 아니었다. 머릿기름은커녕 빗질도 하지 않은 부수수한 머리에 그날 아침 세수를 했는지가 정말로 의심스러운 얼굴로 어머님의 말씀을 듣는 둥 마는 둥 하고 있는 그가 담임선생님이 된다는 게 솔직히 그렇게 실망스러울 수가 없었다. 그 뒤 일 년에 걸친 악연이 그때 벌써 어떤 예감으로 와닿았는지 모를 일이었다.

그 악연은 잠시 뒤 나를 반 아이들에게 소개할 때부터 모습을 드러냈다.

"새로 전학 온 한병태다. 앞으로 잘 지내도록."

담임선생님은 그 한마디로 소개를 끝낸 뒤 나를 뒤쪽 빈자리에 앉게 하고 바로 수업에 들어갔다. 새로 전학 온 아이에 대해 호들갑스럽게 느껴질 정도로 자랑 섞인 소개를 늘어놓던 서울 선생님들의 자상함을 상기하자 나는 야속한 느낌을 억누를 길이 없었다. 대단한 추켜세움까지는 아니더라도, 최소한 내가 가진 자랑거리는 반 아이들에게 일러주어, 그게 새로 시작하는 그들과의 관계에 도움이 되기를 나는 바랐다.

그때 내게는 나름으로 내세울 만한 게 몇 있었다. 첫째는 공부, 1등은 그리 자주 못했지만, 그래도 나는 그 별난 서울의 일류 학교에서도 반에서 다섯 손가락 안에는 들었다. 선생님뿐만 아니라 아이들과의 관계에서도 내 이익을 지켜주는 데 적지 않은 몫을 하던 내 은근한 자랑거리였다. 또 나는 그림에도 남다른 솜씨가 있었다. 역시 전국의 어린이 미술대회를 휩쓸었다 할 정도는 아니었어도, 서울시 규모의 대회에서 몇 번이나 특선을 따낼 만했다. 내 성적과 아울러 그 점도 어머니는 몇 번이나 강조하는 듯했는데, 담임선생님은 그 모두를 깨끗이 무시해 버린 것이었다. 내 아버지의 직업도 경우에 따라서는 내게 힘이 될 만했다. 바람을 맞아도 호되게 맞아 서울에서 거기까지 날려가기는 했어도, 내 아버지는 그 작은 읍으로 봐서는 몇 손가락 안에 들 만큼 직급 높은 공무원이었다.

야속스럽기는 아이들도 담임선생님과 마찬가지였다. 서울에서는 새로운 전입생이 들어오면 아이들은 쉬는 시간이 되기 바쁘게 그를 빙 둘러싸고 이것저것 묻게 마련이었다. 공부를 잘하는가, 힘은 센가, 집은 잘 사는가, 따위로 말하자면 나중 그 아이와 맺게 될 관계의 기초가 될 자료 수집인 셈이었다. 그런데 그 새로운 급우들은 새로운 담임선생님과 마찬가지로 그런 쪽으로는 별로 관심이 없었다. 쉬는 시간에는 저만치서 힐끗힐끗 훔쳐보기만 하다가 점심시간이 되어서야 몇 명이 몰려와서 묻는다는 게 고작 전차를 타봤는가, 남대문을 보았는가 따위였고, 부러워하거나 감탄하는 것도 기껏 나만이 가진 고급 학용품 따위였다.

하지만 삼십 년이 가까워 오는 오늘까지도 그 전학 첫날을 생생하게 기억하도록 만든 것은 아무래도 엄석대와의 만남이 될 것이다.

"모두 저리 비켜!"

아이들이 나를 둘러싸고 앞서 말한 그런 실없는 것들이나 묻고 있는데, 문득 그들 등 뒤에서 그런 소리가 나지막이 들려왔다. 잘 모르는 나에게는 담임선생님이 돌아온 것이나 아닐까 생각이 들만큼 어른스러운 변성기의 목소리였다. 아이들이 움찔하며 물러서는데 나까지 놀라 돌아보니 가운뎃줄 맨 뒤쪽에 한 아이가 버티고 앉아 우리 쪽을 지그시 바라보고 있었다.

아직 같은 반이 된 지 한 시간밖에 안 됐지만 그 아이만은 나도 알아볼 수 있었다. 담임선생님과 처음 교실로 들어왔을 때 차렷, 경례를 소리친 것으로 보아 급장인 듯한 아이였다. 그러나 내가 그를 엇비슷한 60명 가운데서 금방 구분해 낼 수 있었던 것은 그가 급장이어서라기보다는 다른 아이들보다 머리통 하나는 더 있어 뵐 만큼 큰 앉은키와 쏘는 듯한 눈빛 때문이었다.

"한병태랬지? 이리 와 봐."

그가 좀 전과 똑같은, 나지막하지만 힘 실린 목소리로 말했다. 손끝 하나 까딱하지 않았으나 나는 하마터면 일어날 뻔했다. 그만큼 그의 눈빛은 이상한 힘으로 나를 끌었다.

하지만 나는 서울에서 닳은 아이다운 영악함으로 마음을 다잡아 먹었다. 이게 첫 싸움이다. — 문득 그런 생각이 들며 버티는 데까지 버텨볼 작정이었다. 처음부터 호락호락해 보여서는 앞으로 지내기 어려워진다는 나름의 계산도 있었지만, 다른 아이들의 까닭 모를, 거의 절대적인 복종을 보자 야릇한 오기가 난 탓이기도 했다.

"왜 그래?"

내가 아랫도리에 힘을 주며 깐깐하게 묻자 그가 피식 웃었다.

"물어볼 게 있어."

"물어볼 게 있다면 네가 이리로 와."

"뭐?"

일순 그의 눈꼬리가 치켜 올라가는 것 같더니 이내 별소리 다 듣는다는 듯 다시 피식 웃었다. 그런 다음 더는 입을 열지 않고 나를 가만히 보았는데, 그 눈길이 너무도 쏘는 듯해 맞받기가 몹시 어려웠다. 하지만 이미 내친김이었다. 이것도 싸움이다 싶어 안간힘을 다해 버티고 있는데 그 아이 곁에 앉아 있던 키 큰 아이 둘이 일어나 내게로 왔다.

"일어나, 임마!"

둘 다 금세 덤벼들기라도 할 듯 성난 기색이었다. 아무리 가늠해 봐도 힘으로는 어느 쪽도 당해내기 어려울 것 같은 녀석들이었다. 나는 얼결에 벌떡 일어났다. 그중 하나가 왁살스레 그런 내 옷깃을 잡으며 소리쳤다.

"임마, 엄석대가 오라고 하잖아? 급장이."

내가 엄석대란 이름을 들은 건 그때가 처음이었다. 그 이름은 듣는 순간 그대로 내 기억에 새겨졌는데 아마도 그것은 그 이름을 말하는 아이의 말투가 유별났기 때문이었을지도 모르겠다. 무언가 대단히 높고 귀한 사람의 이름을 부르고 있다는, 그래서 당연히 존경과 복종을 바쳐야 한다는 그런 느낌을 주는 어조였다.

그게 다시 나를 까닭 모르게 움츠러들게 했지만 그래도 물러설 수는 없었다. 백여 개의 눈초리가 나를 지켜보고 있는 까닭이었다.

"너희들은 뭐야?"

"나는 체육부장이고 쟨 미화부장이다."

"그런데 너희가 왜……."

"엄석대가, 급장이 와보라고 하잖아?"

내가 그에게 가서 대령해야 되는 유일한 이유가 그가 엄석대이고 급장이기 때문이란 걸 두 번이나 되풀이 듣게 되자 비로소 나는 심상찮은 느낌이 들었다.

그때껏 서울에서 내가 겪었던 급장들은 하나같이 힘과는 거리가 멀었다. 집안이 넉넉하거나 운동을 잘해 거기서 얻은 인기로 급장이 되는 수도 있었으나 대개는 성적순으로 급장, 부급장이 결정되었고, 그 역할도 급장이란 직책이 가지는 명예를 빼면 우리와 선생님 사이의 심부름꾼에 가까웠다. 드물게 힘까지 센 아이가 있어도 그걸로 아이들을 억누르거나 부리려고 드는 법은 거의 없었다. 다음 선거가 있을 뿐만 아니라, 아이들도 그런 걸 참아주지 않는 까닭이었다. 그런데 나는 그날

우리들의 일그러진 영웅

전혀 새로운 성질의 급장을 만나게 된 듯했다.

"급장이 부르면 다야? 급장이 부르면 언제든 달려가서 대령해야 하느냐구?"

그래도 나는 서울내기다운 강단으로 마지막 저항을 해보았다.

그때 알 수 없는 일이 벌어졌다. 그런 말이 떨어지자마자 구경하고 있던 아이들은 갑자기 큰 소리로 웃어댔다. 내가 무슨 바보 같은 소리를 했다는 듯, 그때껏 나를 을러대던 두 녀석과 엄석대까지를 포함한 쉰 몇 명 모두의 홍소였다. 나는 어리둥절했다. 겨우 정신을 가다듬어 내가 한 말 어디가 그들을 그토록 웃게 만들었는지를 생각해 보고 있는데 미화부장이라는 녀석이 웃음을 참으며 물었다.

"그럼, 급장이 부르는데 안 가? 어디 학교야? 어디서 왔어? 너희 반에는 급장이 없었어?"

그런데 그 무슨 어이없는 의식의 굴절이었을까. 나는 문득 무엇인가 큰 잘못을 하고 있다는 느낌, 특히 담임선생님이 부르시는데 뻗대고 있었던 것과 흡사한 착각이 일었다.

어쩌면 그때까지도 멈춰지지 않고 있던 아이들의 왁자한 웃음에 압도된, 굴종에의 미필적인 고의 섞인 착각이었는지도 모르겠다.

내가 머뭇머뭇 그에게 다가가자 엄석대는 그동안의 웃음을 사람 좋아 뵈는 미소로 바꾸며 물었다.

"나한테 잠깐 오기가 그렇게도 힘들어?"

목소리도 전과 달리 정이 뚝뚝 묻어나는 듯했다. 나는 그 너그러움에 하마터면 감격해 펄쩍 뛰며 머리를 저을 뻔했다. 의식 밑바닥으로 가라앉기는 했어도 아직은 나를 강하게 지배하고 있는 어떤 거부감이 겨우 그런 채신머리없는 짓거리를 막아주었다.

엄석대는 확실히 놀라운 아이였다. 그는 잠깐 동안에 내가 그에게 억지로 끌려갔다는 느낌을 깨끗이 씻어주었을 뿐만 아니라 내가 담임선생님에게 품었던 야속함까지도 풀어주었다.

"서울 무슨 국민학교랬지? 얼마나 커? 물론 우리 학교와는 댈 수 없을 만큼 좋겠지?"

먼저 그렇게 물어주어 3학년은 20반도 넘고 육십 년 가까운 전통이 있으며 그해 입시에서는 경기중학교만도 90명이나 들어간 서울의 학교를 자랑할 수 있게 해주었고,

"공부는 어땠어? 거기서 몇 등이나 했지? 다른 건 뭘 잘해?"

그렇게 물어줌으로써 내가 4학년 때 국어과목에서 우등상

을 탄 것이며(그때 이미 그 학교는 과목별로 우등상을 주었다.), 또한 그 전해 가을 경복궁에서 열린 어린이 미술대회에서 입선한 걸 자연스럽게 자랑할 수 있도록 해주었다.

그것만도 아니었다. 마치 내 마음속을 읽었거나 한 듯 석대는 내 아버지의 직업과 우리 집안의 살림살이도 물어주었다. 그 덕분에 나는 또한 특별히 내세운다는 느낌을 아이들에게 주지 않고도 군청에서 군수 다음가는 자리에 있는 내 아버지와, 라디오가 있고 시계는 기둥시계까지 셋이나 되는 우리집의 넉넉함을 아이들 앞에 드러낼 수 있었다.

"좋오아 ― 그럼……."

이런저런 얘기를 다 듣고 난 엄석대는 어른처럼 팔짱을 끼고 무언가를 생각하는 눈치더니 제 줄 앞의 앞자리를 가리키며 말했다.

"너는 저기 앉도록 해. 저게 네 자리야."

그 갑작스러운 지시에 나는 약간 정신이 들었다.

"선생님이 저기 앉으라고 하셨는데……."

문득 되살아나는 서울에서의 기억으로 그렇게 대꾸했지만, 얼마 전의 투지가 되살아나지 않았다. 엄석대는 내 말은 못 들은 척 넘어갔다.

"어이, 김영수, 여기 이 한병태와 자리 바꿔."

석대가 그 자리에 앉았던 아이에게 그렇게 말하자 그 아이는 두말없이 책가방을 챙겼다. 그 아이의 철저한 복종이 다시 묘한 힘으로 나를 몰아, 잠시 머뭇거린 것으로 저항에 갈음하고 나도 자리를 옮겼다.

하지만 참으로 알 수 없는 일은 그날만도 두 번이나 더 있었다.

한 번은 바로 그 점심시간 때였다. 석대와 나의 대화가 끝난 뒤에 석대가 도시락을 책상 위로 올려놓자 아이들도 모두 도시락을 펼치기 시작했는데 그중에 대여섯 명이 무언가를 들고 석대에게로 갔다. 그 애들이 석대의 책상 위에 내려놓은 걸 보니 찐 고구마와 달걀, 볶은 땅콩, 사과 같은 것들이었다. 뒤이어 맨 앞줄의 아이 하나가 사기 컵에 물을 떠다 공손히 놓는 것까지 모두가 소풍 가서 담임선생님께 하듯 했다. 그런데도 석대는 고맙다는 말 한마디 없이 그것들을 받았다. 기껏해야 달걀을 가져온 아이에게 빙긋 웃어준 게 전부였다.

또 한 번은 다섯째 쉬는 시간에 내 옆 분단의 두 아이가 무슨 일인가로 싸워 한 아이가 코피가 난 때였다. 구경하던 아이들은 모든 걸 제쳐놓고 먼저 석대부터 찾았다. 마치 서울 아이들이 무슨 큰일을 만났을 때 먼저 선생님부터 찾는 것과 비슷했고, 얼마 뒤 불려온 석대가 한 일도 선생님과 크게 다르지 않았다. 코피가 난 아이는 구급함에서 꺼낸 솜으로 코를 막은 다음 고개를 뒤로 젖혀 기대 있게 했고, 코피를 나게 한 아이는 몇 대 쥐어박은 뒤 교단 위에 팔을 들고 꿇어앉아 있게 했다. 두 아이 모두 신통하리만치 고분고분 석대의 말을 따랐는데, 더 이상한 건 여섯째 시간 수업을 들어온 담임선생님이었다. 석대의 보고를 가만히 듣고 있다가 흑판 지우개를 터는 막대기로 벌을 서고 있는 아이의 손바닥을 몇 차례 호되게 때려 줌으로써 내게는 월권이라고만 생각되는 석대의 처리를 그 어떤 말보다 확실하고 강력하게 추인해 버렸다.

그날 내가 다시 그 새로운 환경과 질서에 대해 다시 곰곰이 생각하기 시작한 것은 수업이 끝나고 집으로 돌아온 뒤였다. 학교에서는 내가 갑자기 던져지게 된 그 환경의 지나친 생소함에서 온 어떤 정신적인 마비와, 또한 갑자기 나를 억눌러 오는 그 질서의 강력함이 주는 위압감이, 내 머릿속을 온통 짙은 안개와 같은 것으로 채워 몽롱하게 만들어버린 탓에 아무것도 생각할 수가 없었다.

그때 우리 나이로 열두 살은 아직도 아이의 단순함에 지배

되기 쉬운 나이지만, 그리고 아직은 생생한 낮의 기억들이 은근히 의식의 굴절과 마비를 강요하고 있었지만 나는 아무래도 그 새로운 환경과 질서에 그대로 편입될 수는 없다는 기분이 들었다. 그러기에는 그때껏 내가 길들어온 원리 — 어른들 식으로 말하면 합리와 자유 — 에 너무도 그것들이 어긋나기 때문이었다. 직접으로는 제대로 겪어보지 못했으나, 그 새로운 질서와 환경들을 수락한 뒤의 내가 견디어야 할 불합리와 폭력은 이미 막연한 예감을 넘어, 어김없이 이루어지게 되어 있는 어떤 끔찍한 예정처럼 보였다.

하지만 싸운다는 것도 실은 막막하기 그지없었다. 먼저 어디서부터 시작해야 할지가 그랬고, 누구와 싸워야 할지가 그랬고, 무엇을 놓고 싸워야 할지가 그랬다. 뚜렷한 것은 다만 무엇인가 잘못되어 있다는 것뿐 — 다시 한번 어른들 식으로 표현한다면, 불합리와 폭력에 기초한 어떤 거대한 불의가 존재한다는 확신뿐 — 거기에 대한 구체적인 이해와 대응은 그때의 내게는 아직 무리였다. 솔직히 털어놓으면, 마흔이 다 된 지금에조차도 그런 일에는 온전한 자신을 갖지 못하고 있다.

형이 없는 내가 아버지에게 엄석대를 이야기하게 된 것은 아마도 그런 막막함 때문이었을 것이다. 나는 먼저 그날 내가 겪고 본 엄석대의 짓거리를 얘기한 뒤 앞으로 내가 어떻게 해야 할 것인가를 아버지에게 물으려 했다. 하지만 아버지의 반응은 뜻밖이었다. 겨우 엄석대가 그날 한 일들을 모두 얘기한 내가 막 충고를 바라는 물음을 던지려는데 아버지가 불쑥 감탄 섞어 말했다.

"거 참 대단한 아이로구나. 엄석대라고 그랬지? 벌써 그만하다면 나중에 인물이 돼도 큰 인물이 되겠다."

도무지 불의의 존재 자체를 인정하지 않는 것 같은 소리였다. 후끈 단 나는 합리적으로 선거되고 우리의 자유를 제한한 적이 없던 서울의 급장제도를 얘기했던 것 같다. 그러나 아버지에게는 그 합리와 자유에 대한 내 애착이 나약의 표지로만 이해되는 것 같았다.

"약해 빠진 놈. 너는 왜 언제나 걔를 뺀 나머지 아이들 가운데만 있으려고 해? 어째서 너 자신은 급장이 될 수 없다고 믿어? 만약 네가 급장이 되었다고 생각해 봐. 그보다 멋진 급장노릇이 어디 있겠어?"

그러고는 반 아이들이 빠져 있는 불행한 상태나 그런 상태를 만들어낸 제도 또는 그 제도의 그릇된 운용에 화낼 것 없이 엄석대가 차지하고 있는 급장 자리를 노려보도록 권하는 것이었다.

가엾으신 어른. 이제니까 나는 당신을 이해할 듯도 하다. 그때 당신은 중앙부서의 노른자위 자리에서 시골 군청의 총무 과장으로 떨려나 굴욕과 무력감을 짓씹고 계실 때였다. 장관의 초도순시에 달려나가 마중하지 않고 자기 일만 보고 있었다고 직속 국장의 과잉충성에 찍혀 그리된 만큼 힘에 대한 갈증은 그 어느 때보다 크셨을 것이다. 어렸을 적에는 내가 똑똑한 것과 밖에 나가 다른 아이를 때리고 돌아오는 것을 일쑤 혼동하던 어머니를 늘상 호되게 나무라곤 하시던 그런 합리적인 분이셨는데.

하지만 그 같은 내막을 알 길 없던 그때의 나는 그저 아버지의 그런 돌변이 어리둥절할 뿐이었다. 학교의 선생님 다음으로 내 의사결정에 영향을 줄 수 있는 이가 그렇게 나와 더욱 혼란이 가중됐을 것이다. 나는 내가 싸우는 데 필요한 방책을 듣기는커녕 그 싸움이 필요한가 아닌가를 판단하는 불의의 존재 자체마저 헷갈리게 되어버린 셈이었다.

그럼에도 불구하고 나는 그런 아버지의 충고를 제법 귀담아들었던 듯싶다. 다음 날 나는 등교하자마자 그 가능성을 살펴보기 시작했는데, 그러나 그 충고는 현실적으로 아무런 쓸모가 없었다. 우선 급장 선거는 한 학기에 한 번 하는 서울과 달리 거기서는 그 이듬해 봄에야 있을 거라는 얘기였고, 또 그때는 반이 어떻게 갈릴지 알 수 없어 준비를 한댔자 5학년이나 되어 갑자기 흘러들어온 내가 그 선거에서 이길 가능성은 거의 없었다. 설령 이길 수 있다 해도 그동안을 다른 아이들과 같이 굴욕에 시달릴 일이 꿈같았으며 — 거기다가 엄석대도 내가 느긋이 다음 해를 준비하도록 기다려주지 않았다.

2

　비록 내 굴복으로 끝나기는 했으나 전입 첫날의 그 작은 충
돌은 엄석대에게 꽤 강한 인상과 더불어 어떤 경계심을 일으
켰음에 틀림없었다. 그는 첫날의 승리가 못 미더웠던지 다음
날 한 번 더 그걸 확인하려 들었다. 역시 점심시간의 일이었다.
내가 바쁘게 도시락 뚜껑을 여는데 앞줄에 앉은 아이가 나를
돌아보며 말했다.

　"오늘은 네가 물당번이야. 엄석대가 먹을 물 떠다주고 와서
밥 먹어."

　"뭐야?"

나는 자신도 모르게 목소리를 높였다. 그 애는 찔끔하여 석대 쪽을 보더니 빈정거리듯 내 말을 받았다.

"너, 귀먹었어? 급장이 목메지 않도록 물 한 컵 갖다주란 말이야. 오늘은 네가 당번이니깐."

"그 당번 누가 정했어? 어째서 우리가 급장에게 물을 떠다 바쳐야 하느냐 말이야? 급장이 뭐 선생님이야? 급장은 손도 발도 없어?"

나는 더욱 격해 소리치듯 그렇게 따졌다. 그도 그럴 것이 서울에서라면 그따위 심부름은 참을 수 없는 모욕에 속했다. 욕설을 퍼붓지 않는 것만도 내 딴에는 많이 참은 셈이었다. 그런 내 서슬에 그 아이가 다시 주춤할 때였다. 문득 등 뒤에서 귀에 익은 엄석대의 목소리가 나를 위압하듯 들려왔다.

"어이, 한병태. 잔소리 말고 물 한 컵 떠 와."

"싫어. 난 못해!"

나는 그 또한 매몰차게 거절했다. 이미 약이 오를 대로 오른 내 눈에는 엄석대조차 보이지 않았다. 그러자 엄석대는 거칠게 도시락 뚜껑을 닫고는 험한 얼굴로 내게 다가왔다.

"요 새끼, 요거 쬐끄만 게 안 되겠어."

석대는 눈을 부라리며 그렇게 얼러대더니 주먹까지 을러메며 소리쳤다.

"어서 일어나! 가서 물 떠오지 못해?"

그는 힘으로라도 나를 굴복시키려고 마음을 굳힌 듯했다. 금세라도 큰 주먹을 내지를 것 같은 그 무서운 기세에 그제서야 덜컥 겁이 난 나는 얼른 몸을 일으켰다. 그러나 아무래도 그 심부름만은 할 수 없어 잠깐 멈칫거리고 있는데 문득 좋은 생각이 떠올랐다.

"좋아. 그럼 먼저 담임선생님께 물어보고 떠주지. 급장이면 한 반 아이라도 물을 떠다 바쳐야 하는지 말이야."

나는 그렇게 말하고 성큼성큼 걸었다. 그가 담임선생님에게 잘 보이려고 애쓰는 눈치를 알아차리고 걸어본 승부였다. 내 스스로도 놀랄 만한 효과가 있었다.

"서!"

내가 몇 발자국 떼놓기도 전에 석대가 빽 소리를 질렀다. 그리고 이어 으르렁거리듯 덧붙였다.

"알았어, 그만둬. 너 같은 새끼 물 안 먹어도 돼."

얼핏 보면 나의 한바탕 멋진 승리였다. 하지만 실은 그것이야말로 그 뒤 반년이나 이어갈 내 외롭고 고달픈 싸움의 시작이었다.

사실 그전 일 년을 거의 아무에게도 저항 받지 않고 그 반을 지배해 온 석대에게는 그런 내가 얄밉고도 분했을 것이다. 그날의 내 행동은 단순한 저항을 넘어 중대한 도전으로 보이기조차 했을 것이다. 더군다나 그는 마음만 먹으면 얼마든지 나를 혼내줄 힘도 이쪽저쪽으로 넉넉했다. 급장으로서 담임선생님으로부터 위임받은 합법적인 권한과 전 학년을 통틀어 가장 센 주먹이 그랬다.

　그러나 그는 성급하게 주먹을 휘두르기는커녕 직접적으로는 적의조차 드러내지 않았다. 숙제검사나 청소검사같이 담임선생님으로부터 물려받은 권한을 행사할 때도 그걸 내세워 나를 불리하게 만드는 법은 없었다. 지금 와서 돌이켜봐도 으스스할 만큼 아이답지 않은 침착성과 치밀함이었다.

　내게 대한 박해와 불리는 항상 그에게서 멀찌감치 떨어진 곳에서 왔다. 대수롭지 않은 일로 싸움을 거는 것도 석대와는 전혀 가까워 뵈지 않는 아이였고, 반 아이들이 떼 지어 나를 골리거나 놀려대는 것도 언제나 석대가 없을 때였다. 아이들이 까닭 없이 적의를 보이며 놀이에 나를 끼워주지 않는 것도, 저희끼리 모여 무언가를 재미있게 떠들다가 내가 다가가면 굳은 얼굴로 입을 다물어버리는 것도 마찬가지였다. 틀림없이 그

원인은 석대에게 있는 것 같은데도 그는 그 근처 어디에도 눈에 띄지 않았다.

어른들에게는 별것 아니게 보일 테지만 아이들에게는 중요하기 짝이 없는 정보, 이를테면 어떤 공터에 약장수가 자리 잡았고, 어디에서 서커스단이 천막을 쳤으며, 공설운동장에서는 언제 소싸움이 벌어지고, 강변에서는 언제 문화원의 공짜 영화가 상영되는가 따위의 소식에서 나는 언제나 따돌려졌는데, 그것도 겉으로는 석대와 무관했다.

오히려 석대 자신이 내게 다가오는 것은 대개 한 구원자나 해결사로서일 때가 많았다. 맞싸우기에는 아무래도 자신이 서지 않는 아이로부터 시비가 걸려 진땀을 빼고 있을 때 나타나 말려주는 것도 석대였고, 외톨이로 돌다가 겨우 아이들과의 놀이에 끼어들 수 있게 되는 것도 석대가 거기 있어 가능했다.

그러나 석대의 침착함이나 치밀성 못지않은 게 그런 면에 대한 내 예민한 감각이었다. 나는 진작부터 아이들의 박해와 석대의 구원 사이를 연결하고 있는 보이지 않는 끈을 직감으로 느끼고 있었으며, 결국은 그것이 나를 그의 질서 안으로 편입시키기 위한 음흉한 술책임도 차갑게 뚫어보고 있었다. 따라서 그가 베푸는 구원이나 해결도 언제나 고마움으로 나를 감격시키기보다는 야릇한 치욕감으로 떨게 했다. 그때마다 내 마음속에는 한층 더 치열하게 적의가 타올랐으며 — 그리하여 그것은 그 뒤의 길고 힘든 싸움을 내가 견뎌낼 수 있게 해준 힘이 되었다.

싸움인 이상 열두 살의 아이가 먼저 생각할 수 있는 승리는 말할 것도 없이 물리적인 힘에 의한 것이었다. 하지만 석대와의 싸움에서 그쪽은 애초부터 가망이 없었다. 석대의 키는 나보다 머리통 하나는 더 컸고 힘도 그만큼은 더 세었다. 듣기로 호적이 잘못되어 우리와 같은 학년에 다닐 뿐 석대의 나이는 우리보다 적어도 두셋은 많다는 것이었다. 거기다가 싸움의 기술도 타고났다 싶을 만큼 남달랐다. 그는 벌써 4학년 때 중학생과 싸워 이긴 적이 있을 만큼 날래고 대담했다.

따라서 내가 처음 시도한 것은 모두가 그의 편이 되어 있는 반 아이들을 그로부터 떼어내는 일이었다. 특히 뒷줄에 앉은 그와 비슷한 몸집의 아이들 서넛은, 그들만 떼내 힘을 합쳐도 석대를 어떻게 해볼 수 있으리란 계산에서 내가 가장 공을 들인 축이었다. 그러나 그쪽도 내 뜻대로는 되지 않았다. 어머니의 꾸중을 들어가며 무리하게 타낸 용돈으로 아이들의 일시적인 환심은 살 수 있었지만 그들을 석대로부터 떼어내는 일은 번번이 실패였다. 어느 정도 내게 호감을 보이다가도 석대에게 적대적인 부추김만 하면 아이들은 어김없이 긴장으로 굳어졌고, 다음 날부터는 나를 피하기 일쑤였다. 그들은 석대에게 어떤 본능적인 공포 같은 걸 품고 있는 듯했다.

그러나 이제 와서 생각해 보면, 그 실패는 석대의 남다른 통솔력 못지않게 나의 잘못도 큰 원인이 된 듯싶다. 아무리 아이들의 정신 속이라고 해도, 어른들의 정의와 자유에 대한 열망에 상응하는 부분은 있었을 것이다. 그런데 나는 내 개인적인 감정과 조급으로 그들을 대의로 깨우치거나 설득하는 대신 눈앞의 이익으로 매수하려고 들었을 뿐이었다. 거기다가 기껏 더 할 게 있다면 어른들의 선동에 해당되는 저급하면서도 교활한 정치기술 정도였을까.

하지만 석대와의 싸움에서 가장 결정적인 패배는 내가 은근히 믿었던 공부 쪽에서 왔다. 그와의 싸움을 시작하면서부터 나는 먼저 성적으로 그를 납작하게 만들어놓으리라고 별러 왔다. 때마침 4월 중순의 일제고사가 한 달 전부터 예고되고 있어서 그 기회까지 마련되어 있는 셈이었다.

내가 그쪽에서만은 자신을 가졌던 데는 그만한 까닭이 있었다.

서울의 국민학교와 그 학교의 격차로 보아 거기서의 일등은 쉬울 것으로 보인 데다 내 눈에도 아무래도 석대가 공부하는 아이로는 비치지 않았기 때문이었다. 지금도 나는 상대편이 정신의 사람인가 육체의 사람인가를 한눈으로 가늠하려 드는 버릇이 있고 또 대개의 경우는 그 가늠이 맞아떨어지는데 어쩌면 그 버릇은 그때부터 시작된 것이나 아닌지 모르겠다.

나는 은근히 날짜까지 손꼽아가며 일제고사를 기다렸으나 결과는 참으로 뜻밖이었다. 놀랍게도 석대는 평균 98.5로 우리 반에서는 물론 전 학년에서 1등이었다. 나는 평균 92.5, 우리 반에서는 겨우 2등을 차지했지만 전 학년으로는 10등 바깥이었다. 주먹의 차이만큼은 안 돼도 그쪽 역시 상대가 안 되는 싸움이 되어버린 셈이었다. 그 뚜렷한 결과 앞에서는 이상해도 어쩔 수 없고 분해도 어쩔 수 없었다.

그런데도 나는 거의 스스로도 알 수 없는 어둡고도 수상쩍은 열정에 휩싸여 그 가망 없는 싸움에 매달렸다. 주먹에서도 편가르기에서도 공부에서도 가망이 없어진 내가 그다음으로 눈독을 들인 것은 석대의 약점 — 특히 아이들을 상대로 하고 있으리라고 확신되는 못된 짓거리였다. 어른들의 싸움에서 이래저래 수단이 다했을 때 하는 그 비열한 추문 폭로 작전의 원형을 나는 일찍도 터득한 셈이었다.

　내가 석대의 나쁜 짓을 캐 모으려 한 것은 그것으로 먼저 담임선생님과 그를 떼어놓기 위함이었다. 나는 그의 힘 중에서 싸움 솜씨에 못지않게 많은 부분이 담임선생님의 신임에서 왔다는 걸 알고 있었다. 청소검사, 숙제검사에 심지어는 처벌권까지 석대에게 위임하는 담임선생님의 그 눈먼 신임이 그의 폭력에 합법성을 부여해 그를 그토록 강력하게 우리 위에 군림하게 했다. 그렇게까지 조리 있는 설명은 못하겠지만 어쨌든 그런 면에서는 나도 제법 눈이 밝았던 것 같다.

　하지만 그쪽도 곧 쉽지는 않았다. 교실을 꽉 찍어 누르는 듯한 분위기나 아이들의 어둡고 짓눌린 듯한 표정으로 보아서는 틀림없이 파보기만 하면 그의 죄상들이 쏟아져 나올 것 같은데도 도무지 마땅한 게 걸리지 않았다. 그는 분명히 아이들을 때리고 괴롭혔지만 대개는 담임선생의 추인을 끌어낼 수 있는 꼬투리를 가지고 있었고, 또 대가 없이 아이들의 것을 먹고 썼지만 그 형식은 언제나 아이들의 자발적인 증여였다.

　오히려 석대를 관찰하면서 더 자주 확인하게 되는 것은 담임선생님이 그를 신임하지 않을 수 없는 까닭들이었다. 그에게 맡겨진 우리 반의 교내생활은 다른 어느 반보다 모범적이었다.

그의 주먹은 주번 선생님들이나 6학년 선도들의 형식적인 단속보다 훨씬 효율적으로 우리 반 아이들의 학교 안 군것질이나 그 밖의 자질구레한 교칙 위반을 막았다. 그에게 맡겨진 청소 검사는 우리 교실을 그 어떤 교실보다 깨끗하게 하였으며, 우리의 화단을 드러나게 환하게 했다. 또 그에게 맡겨진 실습감독은 우리의 실습지에 가장 많은 수확을 안겨주었으며, 그의 강제 할당으로 우리 반의 비품은 그 어느 반보다 넉넉했고, 특히 교실 벽은 값진 액자들로 넘쳐날 판이었다. 그가 이끌고 나가는 운동팀은 모든 반 대항 경기에서 우리 반에 우승을 안겨주었고, '돈내기(작업할당제)'란 어른들의 작업 방식을 흉내 낸 그의 작업 지휘는 담임선생님들이 직접 나서서 아이들을 부리는 반보다 훨씬 더 빨리, 그리고 번듯하게 우리 반에 맡겨진 일을 끝내 주게 했다. 별로 대단한 건 아니지만, 그가 주먹으로 전 학년을 휘어잡아 적어도 우리 반 아이가 다른 반 아이에 얻어맞는 일은 없게 된 것도 담임선생님으로서는 그리 불쾌하지 않았을 것이다.

그럼에도 불구하고 나는 모반의 열정과도 비슷한, 가망이 없을수록 더 치열해지는 비뚤어진 집착으로 그 힘든 싸움을 계속해 나갔다. 눈과 귀를 온통 석대에게만 모아 그의 잘못을

41
. . .
제1부

캐내는 일이었다.

지금도 잘 알 수 없는 것은 그런 내게 대한 석대의 반응이었다. 그때는 그럭저럭 전학 간 지 석 달에 가까웠고, 그동안 이런저런 내 바둥거림도 아이들을 통해 그의 귀에 들어갔을 법하건만 그는 조금도 처음과 달라지지 않았다. 그때껏 버티고 있는 나를 미워하는 기색을 보이기는커녕 초조해하는 눈치조차 없었다. 실로 두어 살의 나이 차이만으로는 설명이 안 되는, 비상하다고밖에 할 수 없는 참을성이었다. 앞서 말한 그 모반의 열정 같은 것이 아니었다면 나는 아마도 그쯤에서 그에게 무릎을 꿇고 말았을 것이다.

3

하지만 기다리고 기다린 보람이 있어 끝내는 내게도 때가 왔
다. 학교 둑길에 아카시아꽃이 하얗게 피었던 걸로 미루어 그해
6월 초순의 어느 날이었다. 윤병조란 세탁소집 아이가 신기한
물건을 학교로 가지고 와 교실에서 아이들에게 자랑을 했다.
우리가 '둥글라이터'라고 부르던 원통형의 금도금된 고급 라이
터였다. 그 라이터가 이 손 저 손으로 옮아 다니며 작은 소동
을 일으키고 있는데, 어디선가 잠시 나갔다 돌아온 석대가 그
걸 보고 다가가 불쑥 손을 내밀었다.

"어디 봐."

그때껏 낄낄거리기도 하고 감탄의 소리를 내기도 하며 시끌벅적하던 아이들이 이내 조용해지며 라이터가 석대의 손바닥에 놓였다. 한참을 들여다보던 석대가 표정 없이 병조에게 물었다.

"누구 꺼냐?"

"올 아부지 꺼."

병조가 문득 기어들어 가는 목소리로 그렇게 대답했다. 석대도 약간 소리를 낮춰 물었다.

"얻었어?"

"아니, 그냥 가져왔어."

"네가 가져온 걸 누가 알아?"

"내 동생밖에 몰라."

그러자 석대는 희미한 웃음을 머금으며 새삼 그 라이터를 이모저모 뜯어보았다.

"야, 이거 좋은데."

이윽고 석대가 그 라이터를 쥔 채 가만히 병조를 바라보며 그렇게 말했다.

진작부터 유심히 그쪽을 바라보고 있던 나는 그 말에 갑자기 긴장이 되었다. 그동안 살펴본 바로는 석대가 방금 한 말은 보통사람들이 쓸 때와 뜻이 달랐다. 석대는 아이들이 가진 것 중에 탐나는 물건이 있으면 "야, 거 좋은데."로 달라는 말을 대신했다. 아이들은 대개 그 말 한마디에 손에 든 것을 석대에게 넘겼으나, 그래도 버티는 아이가 있으면 다음번 석대의 말은 "것, 좀 빌려줘."였다. 그 바른 뜻은 "내놔, 임마."쯤 될까. 그리 되면 누구든 그걸 내놓지 않고는 못 배겼다. 그것이 석대가 언제나 아이들로부터 '뺏는' 게 아니라 '얻을' 뿐인 일의 진상이었다. 그렇지만 묵시적 강요나 비진의(非眞意) 의사표시의 개념을 알 길이 없는 나는 그것을 아무런 흠 없는 증여로만 알아왔는데, 그날은 그런 최소한 형식도 갖출 수 있을 것 같지 않았다. 예상대로 병조는 아무래도 그것만은 안 되겠다는 듯 울상을 지으면서도 강경하게 말했다.

"이리 줘. 울 아버지 돌아오시기 전에 제자리에 갖다 놔야 돼."

"너희 아버지 어디 가셨는데?"

병조의 내민 손을 본척만척 석대가 다시 은근하게 물었다.

"서울. 낼이면 돌아오셔."

"그래애······."

석대가 그렇게 말꼬리를 끌며 다시 한번 라이터를 쳐다보다가 갑자기 무슨 생각이 났는지 힐끗 내 쪽을 돌아보았다. 그가 결정적인 약점을 보여주기를 기대하며 유심히 그쪽을 살펴보고 있던 나는 그의 갑작스러운 눈길에 찔끔했다. 그 눈길 어딘가 성가시다는 듯하기도 하고 화난 듯하기도 한 빛이 숨겨져 있어 더욱 그랬는지도 모를 일이었다. 하지만 그건 그야말로 일순이었다. 석대는 곧 아무렇지 않은 표정으로 라이터를 병조에게 돌려주며 말했다.

"그럼 안 되겠구나. 좀 빌렸으면 했는데……."

나는 석대가 너무도 쉽게 그 라이터를 포기하는 데 적이 실망했다. 그걸 만지작거리며 들여다보던 그 끈끈한 눈길은 분명예사 아닌 그의 탐심을 내비치고 있었는데, 간단히 절제하고 돌아설 줄 아는 그가 새삼 두렵기까지 했다.

그렇지만 결국 그에게도 한계가 있었다. 그날 수업을 끝내고 집으로 돌아가는 길이었다. 병조가 아침과는 달리 걱정 가득한 얼굴로 어깨를 축 늘어뜨린 채 왁자하게 교문을 나서는 아이들로부터 몇 발자국 떨어져 걷고 있는 게 보였다. 그걸 보자나는 대뜸 짚이는 게 있었다.

마침 사는 동네가 비슷해서 그와 함께 걸어도 괜찮을 듯 했지만 나는 굳이 제법 거리를 두고 그를 뒤따랐다. 어디선가 숨어서 보고 있는 것만 같은 석대의 눈을 의식해서였다. 그러다가 아이들이 이 길 저 길 흩어져 제 동네로 가버리고 병조만 터덜터덜 걷고 있는 걸 보고서야 나는 걸음을 빨리했다.

"어이, 윤병조."

금세 그 곁에 바짝 따라붙은 내가 그렇게 이름을 부르자 무언가 골똘한 생각에 잠겨 느릿느릿 걷고 있던 병조가 화들짝 놀라 돌아보았다.

"너 석대에게 라이터 뺏겼지?"

나는 틈을 주지 않고 대뜸 그렇게 물었다. 병조가 재빨리 주위를 돌아본 뒤 풀 죽은 소리로 말했다.

"뺏기지는 않았지만…… 빌려줬어."

"그게 바로 뺏긴 거 아냐? 더구나 너희 아버지가 낼 돌아오신다며?"

"동생보고 아무 말 못 하게 하지 뭐."

"그럼 넌 아버지의 라이터를 훔쳐 석대에게 바치겠단 말이니? 너희 아버지가 그 귀한 걸 잃어버리고 가만있을까?"

그러자 병조의 얼굴이 한층 어둡게 일그러졌다.

"실은 나도 그게 걱정이야. 그 라이터는 일본 계신 삼촌이 아버지께 선물로 보내주신 거거든."

이윽고 병조는 그렇게 털어놓았으나 아이답지 않은 한숨을 푹 내쉬며 덧붙였다.

"그렇지만 어떻게 해? 석대가 달라는데."

"빌려준 거라며? 빌려줬음 돌려받으면 되잖아?"

나는 병조의 그 어이없는 체념이 밉살스러워 그렇게 빈정거려 보았다. 그러나 녀석은 제 걱정에 빠져 내가 빈정거리고 있다는 것조차 느끼지 못하고 곧이곧대로 내 말을 받았다.

"안 돌려줄 거야."

"그래? 그럼 그게 어디 빌려준 거야? 뺏긴 거지."

"……"

"그러지 말고…… 차라리 선생님께 이르지 그래? 아버지한테 혼나는 것보담은 낫잖아?"

"그건 안 돼!"

병조의 목소리가 갑자기 높아졌다. 고개까지 세차게 흔드는 게 여간 강경하지 않았다. 그곳 아이들의 심리 중에서 아무래도 내가 잘 알 수 없는 부분에 나는 다시 부딪치게 된 것이었다.

"석대가 그렇게 무서워?"

나는 이번에야말로 그걸 확실히 알아낼 기회라 생각하고

슬쩍 녀석의 자존심부터 건드려보았다. 소용없는 일이었다. 눈은 갑작스러운 굴욕감으로 새파란 불길까지 이는 듯했지만, 대답은 단호하기 그지없었다.

"넌 몰라. 모르면 가만있어."

그렇지만 소득이 전혀 없었던 것은 아니었다. 나는 그 말을 끝으로 조개처럼 입을 다물고 걷기만 하는 그를 뒤따라가며 부추겨, 적어도 그가 라이터를 석대에게 준 것이 아니라 빼앗긴 것이라는 부분만은 명백히 하게 했다. 실은 그거야말로 석대의 증거 있는 비행을 찾고 있는 내게는 더할 나위 없는 호재였다.

다음 날 아침 나는 학교에 가기 바쁘게 교무실로 담임선생님을 찾아갔다. 그리고 별로 비겁한 짓을 하고 있다는 느낌 없이 윤병조의 일을 일러바침과 아울러 그동안 내가 보고 들은 그 비슷한 사례들을 모조리 얘기했다. 서울서 온 아이의 똑똑함을 여지없이 보여준 셈이었지만 담임선생님의 반응은 뜻밖이었다.

"무슨 소리야? 너 분명히 알고 하는 말이야?"

그렇게 묻는 담임선생님의 표정에서 내가 먼저 읽을 수 있었던 것은 귀찮음이었다. 나는 그게 안타까워 그때까지는 짐

49
· · ·
제1부

작일 뿐인 석대의 다른 잘못까지 늘어놓기 시작했다. 그러나 담임선생은 귀담아들으려고도 않고 짜증난 목소리로 나를 쫓아냈다.

"알았어. 돌아가. 내 이따가 알아보지."

나는 그런 담임선생님의 반응이 못 미덥긴 했지만, 어쨌든 조사해 보겠다는 말에 한 가닥 기대를 가지고 수업 시작을 기다렸다. 그런데 조회 시간이 얼마 안 남은 자습 시간의 일이었다. 급사 아이가 뒷문께로 와 석대를 손짓해 부르더니 무언가를 작은 소리로 알려주었다. 한 이태 전에 그 학교를 졸업하고 급사로 눌러앉은 아이였는데, 그를 보자 나는 갑자기 불안해졌다. 내가 담임선생님께 석대의 잘못들을 일러바칠 때 그가 멀지 않은 등사기 앞에서 무언가를 등사하고 있던 게 떠올랐기 때문이었다.

아니나 다를까, 제자리로 돌아온 석대는 잠깐 무언가를 생각하다가 주머니에서 라이터를 꺼내 들고 윤병조 앞으로 갔다.

"니네 아버지 오늘 돌아오신댔지? 자, 이거 아버지께 돌려드려."

그렇게 말하며 라이터를 병조에게 돌려준 석대는 이어 한층 소리를 높여 덧붙였다.

"혹시 네가 잘못해 불이라도 낼까 봐 잠시 맡아뒀지. 애들
은 그런 거 가지고 노는 게 아니야."

반 아이들이 다 들을 수 있을 만큼 큰 소리였다. 처음 어리
둥절해 하던 병조의 얼굴이 이내 활짝 펴졌다.

담임선생이 여느 때보다 굳은 얼굴로 교실을 들어선 것은
그로부터 채 오 분도 안 돼서였다.

"엄석대."

담임선생은 교탁에 올라서기 바쁘게 엄석대를 불렀다. 그
리고 태연한 얼굴로 대답과 함께 일어난 그에게 손을 내밀며
말했다.

"라이터 이리 가져와."

"네?"

"윤병조 아버님 것 말이야."

그러자 엄석대는 안색 하나 변함없이 대꾸했다.

"벌써 윤병조에게 돌려줬습니다. 혹시 불장난이라도 할까
봐 맡아두었다가."

"뭐라구?"

담임선생님이 힐끗 나를 쏘아보더니 그래도 확인한답시고
다시 윤병조를 불렀다.

"엄석대 말이 맞아? 라이터 어딨어?"

"넷, 여기 있습니다."

윤병조가 얼른 그렇게 대답했다. 나는 그 말에 그저 아득했다. 어디서부터 어떻게 돌변한 그 상황을 설명해야 될지 몰라 멍청해 있는데 담임선생이 내 이름을 부르는 소리가 들렸다.

"어떻게 된 거야?"

담임선생은 이미 묻고 있다기보다는 나무라는 투였다.

"아침에 돌려줬습니다. 조금 전에⋯⋯."

나는 펄쩍 뛰듯 일어나 그렇게 소리쳤다. 선생님이 나를 믿지 않고 있다고 생각하자 자신도 모르게 목소리가 떨렸다.

"시끄러. 아무것도 아닌 걸 가지고⋯⋯."

담임선생이 그렇게 내 말을 끊었다. 그 바람에 나는 급사 아이가 와서 석대에게 알려줬다는 중요한 말을 덧붙일 수 없었다. 하기는 급사 아이가 석대에게 꼭 그 말을 일러주었다는 증거도 없었지만.

그때 담임선생이 다시 나를 버려두고 반 아이 모두를 향해 물었다.

"엄석대가 너희들을 괴롭힌다는데 정말이야? 너희들 중 그런 일 당한 적 없어?"

말이 난 김이니 짚고 넘어가자는 투였다. 아이들의 얼굴이 일순 묘하게 굳었다. 그걸 본 담임선생은 이번에는 제법 신경 써주는 척 목소리를 부드럽게 해 물었다.

"여기서는 무슨 말을 해도 괜찮다. 엄석대를 겁낼 건 없어. 말해 봐, 어디. 무얼 빼앗기거나 잘못 없이 얻어맞은 사람, 누구든 좋아."

하지만 손을 들거나 일어나는 아이는커녕 그럴까 망설이는 아이도 보이지 않았다. 이상한 안도 같은 걸 엿보이며 한동안 그런 아이들을 살펴보던 담임선생이 한 번 더 물었다.

"아무도 없어? 듣기에는 적잖은 모양이던데."

"없습니다!"

석대 곁에 있는 아이들 몇을 중심으로 반 아이들의 절반가량이 얼른 그렇게 소리쳤다. 담임선생이 한층 더 밝아진 얼굴로 다짐받듯 물음을 되풀이했다.

"정말이야? 정말로 그런 일 없어?"

"예에, 없습니다아."

이번에는 나와 석대를 뺀 아이들 전체가 목청껏 소리쳤다.

"알았어, 그럼 조회 시작한다."

담임선생은 처음부터 그런 결과를 짐작했다는 듯이나 그렇게 일을 매듭짓고 출석부를 폈다. 나를 여럿 앞에 불러내 꾸중하지 않는 게 오히려 다행이다 싶을 만큼 석대와 아이들 쪽만을 믿어버리는 것이었다.

뒤이어 수업이 시작되었지만 그 어이없는 역전에 망연해져 있는 내 귀에 담임선생의 말소리가 들어올 리 없었다. 다만 전에 없이 의기양양해서 담임선생의 질문마다 도맡아 대답하고 있는 석대의 목소리만이 이상한 웅웅거림으로 머릿속을 울려왔다. 그러다가 겨우 담임선생의 말소리를 알아듣게 된 것은 첫 시간 수업이 끝난 뒤였다.

"한병태, 잠깐 교무실로 와."

담임선생은 애써 평온한 표정을 지으며 그렇게 말하고 나갔으나 뒷모습은 어딘가 성나 있는 듯했다. 나는 기계적으로 자리에서 일어나 그 뒤를 따랐다.

"새끼, 알고 보니 순 고자질쟁이로구나."

누군가의 적의에 찬 말이 후비듯 내 고막을 파고들었다.

"남의 잘못을 윗사람에게 몰래 일러바치는 것은 좋지 못한 짓이다. 거기다가 너는 거짓말까지 했어."

담임선생은 화를 삭이느라 거푸 담배를 빨아들이고 있다가 내가 들어가자 그렇게 나무랐다. 그리고 내가 하도 기가 막혀

얼른 대구하지 못하는 걸 스스로의 잘못을 승인하는 것으로 알았는지 한마디 덧붙였다.

"네가 서울에서 오고 공부도 잘한다기에 기대했는데 솔직히 실망했다. 나는 이 년째 이 반 담임을 맡아왔지만 아직 그런 일은 없었어. 순진한 아이들이 너를 닮을까 겁난다."

그렇잖아도 교실을 나올 때 들은 적의에 찬 빈정거림으로 은근히 악에 받쳐 있던 나는 담임선생의 그 같은 단정적인 말에 하마터면 고함이라도 지를 뻔했다. 하지만 갑작스러운 위기의식이 오히려 그런 앞뒤 없는 흥분에서 나를 건져냈다. 어떻게든 이 일을 바로잡지 못하면 이제는 정말로 끝장이다. — 그런 절박감에 사로잡혀 나는 거의 필사적으로 정신을 가다듬었다.

"내가 선생님께 말씀드린 걸 급사가 석대에게 알려주었습니다. 석대는 그 말을 듣고…… 바로 선생님께서 들어오기 직전에……."

내가 겨우 교실에서 못 했던 그 말을 생각해 내고 그렇게 더듬거렸다.

"그럼 아이들은 어찌된 거야? 60명 모두가 입을 모아 그런 일은 없다고 했잖아?"

선생이 그래도 아직, 하는 투로 그렇게 나를 몰아세웠다. 하지만 이미 말한 대로 나도 필사적이었다.

"아이들이 엄석대를 겁내 그렇습니다."

"나도 그럴지 모른다고 생각해서 두 번 세 번 물어보았어."

"그렇지만 엄석대가 보고 있는 데서……."

"그럼 아이들이 나보다 엄석대를 더 겁낸단 말이지?"

그때 내 머릿속이 번쩍하듯 한 가지 좋은 생각이 떠올랐다.

"엄석대가 없는 곳에서 하나씩 불러 물어보시거나 자기 이름을 밝히지 말고 적어 내게 해보십시오. 그러면 틀림없이 엄석대가 한 나쁜 일들이 쏟아져 나올 것입니다."

내가 확신에 차게 된 것은 서울에 있을 때 선생님들이 종종 그 방법을 써서 도저히 해결될 수 없는 문제들까지 해결하는 걸 보았기 때문이었다. 이를테면 언제 어디서 잃어버렸는지도 모르는 물건까지 그 방법으로 찾아내곤 했다.

"이제는 60명 모두를 밀고자로 만들라는 뜻이군."

담임선생이 어이없어하는 눈길로 곁의 선생을 돌아보고 한숨 쉬듯 말했다. 곁의 선생도 나를 흘겨보며 맞장구를 쳤다.

"서울 선생들이 애들 상대로 못 할 짓을 자주 했나 보군요. 그 참……."

나는 내가 생각해 낸 방법이 그렇게도 풀이될 수 있다는 게
도무지 이해할 수 없었다. 그저 모두가 석대만을 편들고 있으
며, 그래서 내 말은 무엇이든 나쁘게만 받아들이고 있다는 게
속상하고 분하기 그지없었다. 갑자기 숨이 콱 막히고 걷잡을
수 없이 눈물이 쏟아졌다.

전혀 기대한 적은 없지만 그 눈물이 의외의 효과를 냈다.

4

내가 갑자기 숨을 헉헉거리며 줄줄이 눈물만 쏟아내고 있자 담임선생이 약간 놀란 듯한 기색으로 나를 올려다보았다. 그러다가 한참 뒤 책상 모서리에 담배를 비벼 끄며 조용히 말했다.

"좋아, 한병태. 네 말대로 다시 한번 해보지. 돌아가 있어."

드디어 어느 정도는 그도 문제의 심각성을 인식한 것 같은 표정이었다.

그래도 얕보이기는 싫어 내가 눈물 자국을 깨끗이 씻고 교실로 돌아가니 분위기가 이상했다. 아이들이 쿵쾅거리고 뛰어

다닐 쉬는 시간인데도 교실 안은 연구수업이라도 받고 있는 듯 조용했다. 그게 이상해 아이들이 눈길을 모으고 있는 교탁 쪽을 보니 거기 엄석대가 나와 서 있었다. 조금 전까지 무슨 얘기를 했는지 내가 들어서자 아이들을 보며 주먹만 높이 흔들어 보였다. 너희들 알았지. — 꼭 그렇게 말하고 있는 것 같았다.

다음 시간 담임선생은 아예 수업을 포기한 듯 시험지 크기의 백지만 한 뭉치 달랑 들고 교실로 들어왔다. 그리고 엄석대가 차렷, 경례의 구령을 마치기 바쁘게 그를 불러 말했다.

"급장은 교무실로 가 봐. 거기 내 책상 위에 그리다 온 학급 저축실적 도표를 마저 그리도록. 다른 것은 다 해두었으니까 실적 크기를 보여주는 막대만 붉은색으로 그려 세우면 돼."

엄석대가 나간 뒤 아이들에게 말하는 태도도 그전 시간과는 사뭇 달랐다.

"이번 시간에 여러분과 처리할 것은 엄석대 문제인데…… 지난 시간에는 선생님이 묻는 방법에 잘못이 있었다. 이제 다시 묻는다. 여러분과 엄석대 사이에 아무런 문제가 없나? 단, 이번에는 팔을 들고 일어나거나 큰 소리로 말할 필요는 없다. 이름도 적지 말고 여기 이 시험지에 여러분이 당한 일만 쓰면 된다. 선생님이 알기로는 여러분 중에 엄석대에게 죄 없이 얻어맞은 사람도 많고 학용품이나 돈을 뺏긴 사람도 많다. 아무리 작더라도 그런 일이 있으면 모두 여기에 써라. 이것은 무슨 고자질이나 뒤돌아서 흉을 보는 것과는 다르다. 학급을 위해서 그리고 여러분을 위해서 하는 일인 만큼 어느 누구의 눈치도 볼 것 없고 의논하거나 간섭받아서도 안 된다. 모든 일은 이 선생님이 책임지고 여러분을 지켜주겠다.”

그러고는 스스로 백지를 아이들에게 한 장 한 장 나누어주었다.

나는 그동안 그에게 품었던 야속함이나 원망이 눈 녹듯 스러짐을 느꼈다. 그리고 이번에야, 하는 기분으로 내가 아는 엄석대의 잘못을 나눠 받은 종이에 모두 썼다.

그런데 여전히 알 수 없는 것은 아이들이었다. 한참을 쓰다가 문득 주위를 둘러보니 열심히 쓰고 있는 것은 오직 나뿐이었다. 다른 아이들은 모두 서로서로를 흘금거릴 뿐 연필조차 잡고 있지 않았다.

오래잖아 담임선생도 그 눈치를 알아차린 듯했다. 무언가를 잠시 생각하더니 아이들을 얽고 있는 마지막 굴레를 풀어주었다. 그들 틈에 섞여 있는 눈에 보이지 않는 석대 편의 감시자들을 무력하게 만든 것이었는데 — 내가 보기에도 옳은 듯했다.

"아마도 내가 또 잘못한 것 같다. 내가 알고 싶은 것은 엄석대 개인의 잘못이 아니다. 나는 우리 반 모두가 안고 있는 문제를 알고 싶을 뿐이다. 따라서 하필 엄석대가 아니라도 좋다. 급우의 잘못을 알고도 숨겨주는 사람은 잘못한 그 사람보다 더 나쁠 수도 있다."

선생님이 다시 그렇게 말하자 이번에는 여기저기서 연필을 잡는 아이들이 생겨났다. 그걸 보고 나도 적이 마음이 놓였다. 이제는 그동안 감춰져 왔던 석대의 나쁜 짓들이 모두 드러날 것이다. — 나는 그렇게 믿으며, 그때껏 망설이던 짐작까지도 분명한 것인 양해서 석대의 죄상으로 백지의 나머지를 채워나갔다.

이윽고 수업 시간이 끝난 걸 알리는 종이 울리자 담임선생은 아이들에게 나눠주었던 백지들을 도로 거두어 말없이 교실을 나갔다. 아무런 선입견이 없음을 보여주려는 듯 어느 누구에게도 눈길 한번 주는 법이 없었다.

나는 은근히 기대하면서 그 결과가 나오기를 기다렸다. 내가 교무실로 불려간 사이 석대가 아이들을 상대로 어떤 짓을 했는지 몰라도 이번만은 그의 모든 죄상이 어김없이 백일하에 드러날 줄 나는 굳게 믿었다.

우리들의 그 무기명 고발장을 다 읽고 오느라 그랬는지, 다음 시간 선생님은 한 십 분쯤 늦게 교실로 들어왔다. 그러나 내 기대와는 달리 그는 자신이 읽은 것에 대해서는 한마디 내비치지도 않고 바로 수업에 들어갔다.

다음 시간도, 그다음 시간도 마찬가지였다. 선생님은 마치 아무 일도 없었던 것처럼 수업만 해나갈 뿐이었다. 수업 중 이따금 나와 눈길이 마주칠 때도 있었으나 그때조차도 특별한 조짐은 아무것도 느껴지지 않았다. 그러다가 종례까지 끝난 뒤에야 비로소 담임선생은 나를 불렀다.

그때 나는 이미 까닭 모를 불안에 두어 시간이나 시달린 뒤였다. 처음 아이들로부터 자신이 없는 동안 교실에서 일어난 일을 들을 때만 해도 석대의 얼굴은 드러나게 어두웠었다. 셋째, 넷째 시간만 해도 여전히 풀이 죽어 있었는데 — 점심시간이 지나자 갑자기 달라졌다. 전처럼 오만하고 자신에 찬 태도로 되돌아가 이따금씩 내게 가엾다는 듯한 눈길을 보내는 것이었다. 내가 까닭 모를 불안에 시달리기 시작한 것은 바로 그 때문이었다.

"우선 이걸 봐라."

내가 쭈뼛거리며 교무실로 들어서자 담임선생은 먼저 그 무기명 고발장 뭉치부터 내게 내밀었다. 나는 떨리는 손으로 그걸 받아 하나씩 들춰보았다. 담임선생의 거듭된 당부에도 불구하고 절반은 백지였는데, 놀라운 것은 무언가가 쓰인 그 나머지 절반의 내용이었다.

정확히 헤어 서른두 장 중에 열다섯 장이 나의 이런저런 잘못들을 들추고 있었다. 등하굣길에서의 군것질, 만화가게 출입 같은 것에서 교문 아닌 뒤쪽 철조망으로 학교를 빠져나간 것이며 남의 오이밭에서 대나무 지주를 걷어찬 것, 강가 다리 밑에 묶어둔 짐 수레 말 엉덩이에서 말총을 잡아뽑은 것 따위의 그 시절에 저지를 법한 자질구레한 비행들이 내 기억 속보다 더 가지런하게 거기 나열되어 있는 것이었다. 담임선생이 서울의 선생보다 추레하고 멍청하다고 한 말을 몇 배나 뒤겨 적어 놓았는가 하면, 이웃집에 사는 윤희라는 6학년 여자 아이와 몇 번 논 걸 내가 그 여자 아이와 '삐꾸쳤다'는 상스러운 말로 일러바치고 있기도 했다.

내 다음으로 많은 것은 약간 저능 기미가 있는 김영기란 아이의, 악성(惡性)에 따른 못된 짓이라기보다는 머리가 나빠 저지른 실수 대여섯 개였다. 그다음이 고아원생인 이희도란 아이의 나쁜 짓 서넛에 또 누구 두어 명 하는 식이었는데, 기막힌 것은 엄석대였다. 그의 비행이 적힌 시험지는 단 한 장, 내가 쓴 것뿐이었다.

읽기를 마친 나는 억울하거나 분하기보다는 깊이 모를 허탈에 빠져들었다. 아니, 무언가 단단하고 높은 벽이 코앞을 콱 막아선 듯해 그저 아뜩하고 막막했다. 담임선생의 조용조용한 목소리가 멀리 하늘 위에서 뿌려지는 것처럼 그런 내 귓전을 맴돌았다.

"짐작은…… 간다. 모든 게…… 맘에 차지 않겠지. 서울에서 겪은 것과는…… 많이 다를 거야. 특히 엄석대가 급장으로서 하는 일은 어떻게 보면 못돼 먹고 — 거칠기도 하겠지. 하지만 그게 바로…… 이곳의 방식이다. 자치회가 있고, 모든 게 토론과 투표에 의해 결정되고 — 급장은 다만 심부름꾼인 그런 학교도 있다는 건 나도 안다. 아니, 서울 아이들같이 모두가 똘똘하면…… 오히려 학급은 그렇게 운영되는 게 마땅하겠지. 그러나 거기서 좋았다고…… 그게 어디든 그대로 되는 건 아니다. 이곳은 이곳의 방식이 있고…… 너는 먼저 거기 적응할 필요가 있어. 서울에서의 방식이 무조건 옳고 이곳은 무조건 틀리다는 식의 생각은 버려야 해. 굳이 그게 옳다고 고집하고 싶다면…… 너의 태도라도 바꿔. 네 편이 되어주지 않는다고 반 아이들 모두와 싸우려 하거나…… 외톨이로 빙빙 겉돌아서는 안돼. 봤지? 오늘…… 60명 중 네 편은 단 하나도 없었어. 네가 꼭 석대를 급장 자리에서 쫓아내고…… 우리 반을 서울에서 네가 있던 반처럼 만들고 싶었다면…… 먼저 그 아이들을 네 편으로 만들었어야지. 석대가 이미 그 아이들을 휘어잡고 있어서 어찌해 볼 수가 없었다고 말할지도 모르겠지만…… 그래도 너는 내게 달려오기 전에 아이들부터 먼저 네 편으로 돌려놨어야 했어. 그게 안 되니까 내게 왔다고 할지 모르지만……. 그리고…… 아이들이 어리석으니까 선생인 내가 고쳐 놓아야 한다고 생각할지 모르지만 그건 틀렸어. 설령 네가 옳더라도…… 나는 반 아이들 모두의 지지를 받고 있는 석대를 지지할 수밖에 없다. 네가 반드시 그러리라 믿고 있을 것처럼…… 아이들의 그 지지란 것이 실상은 석대의 위협이나 속임수에 넘어간 거짓된 것일지라도…… 마찬가지야. 나는 어쨌든……. 아이들을 그렇게 만든 석대의 힘을…… 존중하지 않을 수 없어. 지금껏 흐트러짐 없이 잘돼 나가던 우리 반을…… 막연한 기대만으로는 흩어버릴 수 없기 때문이지. 거기다가…… 어쨌거나 석대는 전 학년에서 가장 공부 잘하고…… 통솔력 있는…… 모범적인 급장이다. 무턱대고 비뚤어진 눈으로만 보지 말고…… 그의 장점도…… 인정할 줄 알아야 한다. 그리고…… 무엇보다도 그 아이들 속으로 들어가…… 그들과 함께 새로…… 시작해 보아라. 석대와 경쟁하고 싶다면…… 정당하게 경쟁해라. 알겠니…….”

담임선생의 말은 곧 끝날 것 같으면서도 한참이나 이어졌다. 만약 그가 소리 높여 꾸짖었더라면 아마도 나는 어떻게든 맞서 달리 나를 주장하려 들었을 것이다. 아니, 성난 얼굴이었거나 조금이라도 나를 미워하는 기색이 있었더라도 기억에서처럼 그렇게 조용히 듣고 앉아 있지만은 않았을 것이다. 그러나 자신의 감정을 억누르고 나를 이해하려 애쓰는 듯한 그 목소리와 진정으로 나를 염려하는 듯한 그의 눈길은 내게서 그런 기력마저 빼앗아 가버렸다. 나는 넋 나간 사람처럼 한참을 더 그 무정하고 성의 없는 담임선생의 이상한 논리 앞에 앉았다가 이윽고 쥐어짜다 만 빨래 같은 몸과 마음이 되어 거기서 풀려났다.

만약 싸움이란 게 공격 정신이나 적극적인 방어 개념으로만 되어 있다면 석대와의 싸움은 그날로 끝이었다. 그러나 불복종이나 비타협도 싸움의 한 형태로 볼 수 있으면 내 외롭고 고단한 싸움은 그 뒤로도 두어 달은 더 이어진다. 어른들 식으로 표현한다면, 어리석은 다수 혹은 비겁한 다수에 의해 짓

밝힌 내 진실이 무슨 모진 한처럼 나를 버텨나가게 해준 것이었다.

이미 내 수단이 다하고 궁리가 막힌 게 다 드러난 셈이건만 신중한 석대는 그날 이후로도 직접으로는 나와의 싸움에 나서지 않았다. 그러나 그 공격은 전보다 몇 갑절이나 더 집요하고 엄중했고, 따라서 내게는 그때부터 전보다 몇 갑절이나 더 괴롭고 고단한 학교생활이 시작되었다.

가장 괴로웠던 것은 그날 저녁을 시작으로 시도 때도 없이 걸려오는 주먹싸움이었다. 그 무렵 어떤 학급이든 공부의 석차처럼 주먹싸움의 등수가 매겨져 있게 마련이었고, 내 체격과 강단이 차지할 수 있는 원래의 싸움 등수는 대략 열서너 번째가 되었다. 그런데 갑작스레 그 등수가 무시되고, 그때껏 내가 이긴 걸 인정하고 있던 아이들이 공공연히 시비를 걸어오기 시작했다. 말할 것도 없이 나는 그런 도전에 힘을 다해 맞섰다. 그러나 나의 싸움 등수는 하루하루 뒤로 밀려나기 시작했다. 힘으로든 강단으로든 분명히 이겨낼 수 있는 상대인데도 막상 싸움이 붙으면 결과는 나의 참패로 끝났다. 전 같으면 울거나 달아남으로써 진 것을 자인할 녀석들이 무엇을 믿는지 끝까지 버텨냈고 떼 지어 둘러서서 일방적으로 그 녀석만 응원하는 아이들은 은근히 내 기를 죽여 놓았다. 그러다가 흙바닥에서 엉겨 붙게 되면 나는 어느새 알지 못할 손길의 도움에 밀려 밑에 깔려버리기 일쑤였다. 라이터 사건이 있고 한 달도 채 되기 전에 나는 반에서 아주 제쳐놓은 조무래기 몇을 빼고는 우리 끼리의 싸움에서 꼴찌나 다름없게 밀려나고 말았다…….

5

그다음으로 괴로운 것은 친구 놀이동무 문제였다. 벌써 전학 온 지 한 학기가 지났건만 나는 그때껏 단 한 사람의 동무도 만들 수 없었다. 라이터 사건이 있기 전만 해도 내가 애써 다가가면 마지못해 놀아주는 아이들이 있었고 우리 집까지 따라와 준 것도 그럭저럭 대여섯은 되었다. 그러나 그 사건 뒤로는 학교에서뿐만 아니라 동네에서조차 나와 어울리려는 반 아이들이 없었다. 그전의 따돌림과는 견줄 수도 없을 만큼 철저한 따돌림이었다.

오늘날처럼 설비 잘된 어린이 놀이터도 없고 혼자서도 견뎌

낼 수 있는 TV나 전자오락은커녕 마땅한 읽을거리나 장난감마저 흔치 않던 그 시절 동무가 없다는 것은 하나의 큰 형벌이었다. 그 무렵 학교에서의 점심시간이나 수업 전과 방과 후의 놀이시간을 떠올리면 지금에조차 가슴이 서늘해진다. 그 어떤 놀이에도 끼지 못한 나는 교실 창가나 운동장 구석 그늘진 곳에 붙어 서서 아이들이 패를 갈라 뛰노는 걸 물끄러미 바라보는 게 고작이었다. 겨우 갓난아기 머리통만 한 고무공으로 하는 그 축구가 어찌 그렇게도 재미나 보였던지 찜뿌(방망이 없이 하는 소프트볼 같은 놀이)나 8자 깽깽이(땅에 S자를 그려 놓고 아래위로 편을 가른 뒤 좁은 출구를 나와서는 외발로 걸어 다녀야 하는 놀이. 상대를 만나 외발싸움에 지면 죽은 것으로 처리해 한편이 모두 죽으면 경기에 지는 것이 됨)를 하며 이빨이 쏟아질 듯 웃어대던 그 아이들은 또 얼마나 즐겁고 행복해 보였던지.

집으로 돌아와 동네에서 놀아도 사정은 크게 나아지지 않았다. 그때는 다른 나라 사람들만큼이나 멀어 보이던 딴 반 아이들에 끼어 괄시를 받거나 상급생을 따라다니며 졸병질을 하는 게 내가 동네에서 기껏 할 수 있는 선택의 범위였다. 더 있다면 어두컴컴한 만화가게 골방에 처박히는 것과 네 살이나 터울지는 아우와의 싸움질로 어머니의 허파를 뒤집는 일 정도였을까.

　한 번은 이런 일도 있었다. 옆 반에 새로 석대보다 더 크고 힘센 아이가 전학 와서 석대와 방과 후 학교 솔밭에서 겨뤄보기로 한 바람에 우리 반 전체가 돌돌 뭉쳐 성원을 가게 되었을 때였다. 반이라는 동료집단에 함께 소속된 까닭인지, 나도 석대 편이 되어 아이들을 따라나섰다. 아이들도 그날만은 그런 나를 못 본 체해, 나는 별일 없이 그들과 하나가 될 수 있었고, 싸움이 석대의 승리로 끝이 나고도 한동안 그런 분위기는 이어졌다. 개선한 영웅을 맞아들이듯 석대를 둘러싼 아이들 중에 하나가 힘든 싸움으로 땀에 젖고 흙투성이가 된 석대를 위해 가까운 냇가로 멱 감으러 갈 것을 제안하고, 아이들도 일제히 찬성해 나도 슬그머니 끼어들었다. 그런데 냇가에 이르러서야 나를 발견한 석대가 가볍게 눈살을 찌푸리자 분위기는 일변했다.

　"어이, 한병태 넌 왜 왔어?"

　눈치 빠른 녀석 하나가 그렇게 쏘아붙인 걸 시작으로 아이들이 나를 몰아대기 시작했다.

　"정말, 저게 언제 끼어들었지?"

　"임마, 누가 널 보고 응원해 달랬어?"

　나는 갑자기 콧등이 시큰하며 눈물이 핑 돌았다. 뚜렷하지는 않지만 나는 그때 이미 소외된 자의 서러움 또는 그 쓰디쓴 외로움을 맛보고 있었던 것이나 아니었던지.

하지만 주먹싸움의 등수가 터무니없이 뒤로 밀리거나 아이들로부터 소외되는 것에 못잖게 괴로운 것은 합법적이고도 공공연한 박해였다. 앞서 내비친 적이 있듯, 어른들의 세계에서와 마찬가지로 아이들의 세계에서도 지켜야 할 규범들은 있게 마련이고, 또한 어른들이 그 누구도 그런 걸 모두 다 지키며 살아가지 못하듯 아이들 역시 그 모든 걸 다 지켜내기는 어렵다. 털어 먼지 안 나는 사람 없다는 말처럼, 엄격히 보면 아이들도 어른들의 범법이나 부도덕에 견줄 만한 자질구레한 비행들을 수없이 저지르며 하루하루를 보내고 있다. 학칙, 교장선생님의 훈시, 주훈(週訓), 담임선생님의 말씀과 자치회의 결정 같은 걸 지키지 않거나 부모님과 웃어른의 당부, 일반 윤리 및 사회가 통념으로 어린이에게 요구하는 행동 양식을 어기는 것인데, 나는 바로 그러한 규범들의 가장 엄격한 적용을 받았다.

조금만 손톱이 길어도, 며칠만 이발이 늦어져도 나는 어김없이 위생 불량자의 명단에 올랐고, 옷솔기가 터지거나 단추 하나만 떨어져도 복장 위반자로 크건 작건 벌을 받아야 했다. 재수 없게 주번 선생님에게만 걸리지 않으면 되는 등하굣길의 군것질도 내게는 모두가 범죄를 구성했으며, 동네 만화가게의 골방에 숨어서 읽은 만화도 담임선생님의 귀에 들어가 어김없이 꾸중을 듣게 되었다. 요컨대 딴 아이들이 다 하는, 그리고 어쩌다 재수 없이 걸려도 가벼운 꾸중으로 끝날 뿐인, 그런 자질구레한 잘못들도 내가 하면 엄청난 비행으로 여럿 앞에 까발려져 성토 당하고, 자치회의 기록에 올려지고, 담임선생의 매질이 되거나 변소 청소 같은 벌로 끝을 보았다. 언제나 고발자는 따로 있었지만 그 뒤에 있는 것은 틀림없이 석대였다.

성의 없고 무정한 담임선생의 위임으로 대개의 경우 그 같은 규칙 위반의 감찰권과 처벌권을 아울러 가지고 있는 석대는 아이들의 고발이 있을 때마다 겉으로는 공정하게 그 권한을 행사했다. 예를 들면, 입에 혀같이 노는 자기 졸병들도 나하고 같이 걸리면 여럿 앞에서는 일단 똑같은 벌을 주었다. 그러나 그와 상대만이 알게 되어 있는 집행에서는 나와 달랐고, 그게 나를 더욱 이 갈리게 했다. 다 같이 벌로 변소 청소를 하게 되어도 그쪽은 대강 쓸기만 하면 합격판정을 내려 집으로 보냈지만, 나는 물로 바닥의 때까지 깨끗이 씻어내야 겨우 집으로 돌아갈 수 있게 되는 때가 바로 그랬다.

어디까지나 짐작이기는 하지만, 석대는 그 밖에도 자신이 가진 합법적인 권한을 악용해 적극적으로 나를 불리하게 만들기도 했다. 다른 아이들에게는 그 전날 가만히 알려주어 나만 갑자기 당하는 꼴이 되는 위생검사나, 학교 오는 길에 말수레를 따라 걷다가 쇠고리에 걸려 옷이 찢긴 때와 같은 날만 골라 느닷없이 복장검사를 하는 따위가 그 예였다. 그 바람에 나는 마침내 우리 반에서뿐만 아니라 학년 전체에 다 알려질 만큼 말썽 많은 불량스러운 아이가 되어버렸다.

학교생활이 그 모양이 되고 나니 공부들 제대로 될 리가 없었다. 어떻게든 그 학교에서는 일등을 차지하리라던 전학 초기의 내 장한 결심과는 달리, 내 성적은 차츰차츰 떨어져 한 학기가 끝났을 때는 겨우 중간을 웃돌 뿐이었다.

물론 그렇다고 내가 가만히 앉아 당하고 있었던 것만은 아니었다. 나름대로는 있는 힘과 꾀를 다 짜내 그런 상태를 개선해 보려고 애썼다. 그 가운데 하나가 부모님을 동원하는 것이었다. 담임선생에 대한 기대를 온전히 거둔 뒤 나는 먼저 아버지에게 내가 빠져 있는 외롭고 힘든 싸움을 털어놓고 도움을 구했다. 그러나 무력감으로 전 같지 않게 비뚤어져 있던 아버지는 무정하고 성의 없는 담임선생과 크게 다르지 않았다.

"못난 자식. 누구 일을 누구더러 해달라는 거야? 힘이 모자라면 돌맹이도 있고 막대기도 있잖아? 그보다 공부부터 그 녀석을 이겨 놓고 봐, 그래도 아이들이 널 안 따르나……"

내가 감정을 앞세워 상황을 잘 설명하지 못한 것도 있고, 아버지가 내 일을 아이들 세계에 흔히 있는 사소한 다툼쯤으로 쉽게 여긴 탓도 있겠지만, 나는 아버지의 그 같은 역정에 더 어떻게 말해 볼 기력을 잃고 말았다.

그래도 나를 이해하려고 애쓰며 안달하고 부지런을 떤 것은 어머니였다. 곁에서 듣고 있다가 아버지를 매섭게 몰아붙인 어머니는 이어 내게 여러 가지를 가만가만 묻더니 다음 날 새벽같이 학교로 달려갔다. 나는 그런 어머니에게 다시 은근한 기대를 걸어보았지만 결국은 부질없는 짓이었다.

"너는 애가 왜 그리 좀스럽고 샘이 많으니? 그리고 공부는 또 그게 뭐야? 도대체 너 왜 그래? 거기다가 엄마한테 거짓말까지 하고……. 오늘 네 담임선생님 만나 두 시간이나 얘기했다. 엄석댄가 하는 애도 만나봤지. 순하면서도 아이답지 않고 속이 트인 애더구나. 공부도 전교에서 일등이고……."

내가 학교에서 돌아가자마자 어머니는 나를 기다렸다는 듯이나 그렇게 나무라기 시작했다. 그리고 이어 한 반 시간을 좋게 담임선생과 비슷한 잔소리를 늘어놓았으나 내 귀에는 그 이상 한마디도 들어오지 않았다. 그때 나를 사로잡고 있던 것은 절망을 넘어 허탈감에 가까운 감정이었다. 그런데도 내가 그 뒤로도 한참이나 더 그 막막한 싸움을 버텨낸 걸 돌이켜보면 지금에 와서조차 스스로가 대견스럽게 느껴질 때가 있다.

하지만 이윽고는 그 싸움도 끝날 날이 왔다. 그렇게 한 학기를 채우자 나는 차츰 지쳐가기 시작했다. 처음의 그 맹렬하던 투지는 간 곳 없어지고, 무슨 모진 한처럼 나를 지탱시켜주던 미움도 차차 무디어져 갔다. 그리하여 새 학기가 시작되면서 나는 은근히 석대에게 내 굴복을 표시하기에 마땅한 기회를 기다리게까지 되었지만 참으로 괴로운 일은 그런 기회조차 쉬이 나타나지 않는다는 것이었다.

그도 그럴 것이 나는 그때껏 힘들여 싸웠으나, 한 번도 석대와 직접으로 맞부딪쳐 본 적은 없었다. 언제나 나를 괴롭힌 것은 그 아닌 다른 아이 또는 그 동아리였고, 아니면 이런저런 자질구레한 규칙이거나 급장이란 직책이 지닌 합법적인 권한이었다. 개별적으로 석대는 내게 말을 걸기는커녕 오래 얼굴을 마주보는 일조차 없었다.

그 바람에 나는 이미 저항의 의사를 모두 버리고서도 괴롭게 반을 겉돌고 있는데 드디어 때가 왔다. 다음 날 장학관의 순

시가 있어 대청소가 벌어진 날이었다. 그날 우리는 오전 수업만 마친 뒤 교실은 말할 것도 없고 화단이며 운동장에 실습지까지 나누어 각자가 청소해야 할 몫을 받았다.

워낙 쓸고 닦고 다듬어야 할 곳이 많다 보니 나눠진 몫도 많아, 내게 돌아온 것은 화단 쪽으로 난 창틀 두 개였다. 창살 사이로 가로세로 한 자 남짓한 유리창이 여덟 장 박힌 미닫이창이라 창틀 둘을 합치면 작은 유리로는 서른두 장을 닦아야 하는 셈이었다. 평소로 봐서는 많은 편이었지만 교실과 복도의 마룻바닥은 마른걸레로 닦고 양초까지 먹일 정도의 대청소라 결코 부당하다고 할 수는 없는 할당이었다.

그런데 문제는 담임선생에게서부터 비롯됐다. 다른 반 담임들은 모두 팔을 걷어붙이고 나서 청소를 지휘하고 감독했건만 우리 담임은 겨우 일만 자신이 나서서 몫몫이 나누어주었을 뿐, 검사는 여느 때처럼 석대에게 맡기고 일찌감치 없어져버린 까닭이었다.

석대에게 맞서고 있을 때 같았으면 담임선생의 그런 무책임한 위임부터가 비위에 거슬렸겠지만 그날 나는 오히려 그걸 다행으로 여겼다. 그럴 때 일을 잘하는 것도 석대의 눈에 드는 길이라는 걸 나는 잘 알고 있었다. 실은 그 얼마 전까지만 해도 석대의 검사를 받아야 하는 게 까닭 없이 고까워 그가 검사를 해주는 청소는 아무렇게나 해치우곤 하던 나였다.

그날 나는 정말로 공을 들여 내가 맡은 창문을 닦았다. 먼저 물걸레로 유리창이며 창틀에 더께 앉은 먼지와 때를 씻어내고, 이어 마른 수건으로 깨끗이 물기를 닦았다. 그리고 신문지, 하얀 습자지의 순으로 입김을 호호 불어가며 잔 먼지들을 없애나갔다.

공을 들인 만큼 시간도 많이 걸려 내가 두 개의 창틀 유리를 말끔히 했을 때는 반 아이들 태반이 자기 몫의 청소를 끝낸 뒤였다. 석대는 그 아이들과 어울려 마당에서 공놀이를 하고 있었다. 석대 편이 몇 명을 접어주지만 그래도 언제나 석대편이 우세한 그런 축구시합이었다.

내가 청소검사를 맡으러 왔다고 하자 석대는 마침 몰고 있던 공을 자기편에게로 차주고 선선히 앞장을 섰다. 담임선생의 성실한 대리인다운 태도였다. 그가 눈으로 내가 닦은 창틀을 훑어보는 동안 나는 가슴을 두근거리며 결과를 기다렸다. 스스로 보기에도 내가 닦은 유리창틀은 곁의 창틀과는 비교도 안 될 만큼 말갛고 깨끗했다. 나는 만약 기분이 좋아진 그가 부드럽게 대해 주면 내 쪽에서도 적당히 그의 호감을 살 수 있는 맞장구를 쳐 내가 생각을 바꾼 걸 넌지시 알릴 참이었다. 그런데 결과는 뜻밖이었다.

"안 되겠는데. 여기 얼룩이 그대로 있어. 다시 닦아."

한동안 유리창틀을 살펴본 석대가 그렇게 말하고는 다시 운동장으로 뛰어나갔다. 나는 피가 한꺼번에 얼굴로 확 치솟는 듯한 느낌으로 무언가를 항의하려 했으나 석대는 어느새 저만치 달려가고 있었다.

나는 간신히 속을 누르고 먼저 두 개의 창틀부터 다시 한번 살펴보았다. 정말로 왼쪽 창틀 유리 몇 장에 물이 흐른 듯한 자국이 어렴풋이 비쳤다. 나는 맞대놓고 항의하지 않은 걸 다행으로 여기며 정성들여 그 얼룩을 지웠다. 그러다 보니 그 밖에도 다른 얼룩이나 점 같은 것들도 눈에 띄어 제법 시간이 흐른 뒤에야 다시 석대에게 검사를 맡으러 갈 수가 있었다.

그때는 이미 교실뿐만 아니라 실습지 정리를 맡은 아이들까지 모두 일을 끝낸 뒤여서 시합판이 한창 열기를 뿜고 있는 중이었다. 선수들도 제법 발 빠른 아이들로 골라 열한 명 대 열세 명으로 고정되어 있었고, 공은 어디서 났는지 가죽으로 된 진짜 축구공이었다. 나는 한창 불이 붙은 시합판을 깨기 싫어 한참을 기다리다가 석대가 한 골을 넣은 걸 보고서야 다가가

검사 맡으러 왔음을 알렸다.

이번에도 석대는 조금도 지체 없이 놀이에서 빠져나왔다. 그러나 결과는 마찬가지였다.

"여기 아직 파리똥이 그대로 있잖아? 이 구석 먼지하고 다시 닦아."

이번에는 나도 참지 못하고 가느다랗게 항의했다. 곁의 창틀과 견주어보라는 말이었는데, 석대는 내가 가리키는 창틀을 돌아보지도 않고 냉담하게 내 말을 잘랐다.

"걔는 걔고, 너는 너야, 어쨌든 이 창틀 청소는 합격시켜줄수 없어."

마치 나는 반드시 엄격한 검사를 받아야 하는 별종이라는 투의 말이었다. 그렇게 나오면 하는 수 없었다. 나는 다시 창틀에 올라가 서른두 장 유리창 구석구석을 살피며 이번에는 칭찬은커녕 불합격을 면하기 위해 정성을 다 쏟았다.

세 번째도 석대는 무언가 트집을 잡아 또 딱지를 놓았다. 나는 마음에도 없는 미소까지 지으며 그의 호감을 사려고 애써보았지만 소용없는 일이었다. 그는 불합격의 뜻만 밝히고는 초가을이라고는 해도 아직은 따가운 햇살 아래서 그때껏 뛰고뒹군 아이들을 데리고 가까운 냇가로 나가버렸다.

나는 네 번째로 창틀에 올라가 다시 유리창에 달라붙었다. 그러나 온몸에서 맥이 싹 빠져 손가락 하나 까딱하고 싶지 않았다. 넋 나간 사람처럼 멀거니 뒷문 솔숲 사이로 사라지는 석대와 아이들을 바라보다가 슬그머니 창틀에 주저앉았다. 이미 합격, 불합격은 내 노력에 달린 것이 아니라 석대의 마음에 달려 있다는 걸 안 이상 헛수고를 하고 싶지 않아서였다.

어느덧 해는 서편으로 뉘엿해지고 교정에는 인적이 드물어졌다. 아이들은 하나도 보이지 않고 띄엄띄엄 퇴근하는 선생님들의 발자국 소리만 유난히 크게 들릴 뿐이었다. 나는 그사이 몇 번인가 모든 걸 팽개치고 집으로 달려가버리고 싶은 충동을 느꼈다. 이미 모든 저항을 포기한 뒤이긴 해도 그냥 참아 넘기기에는 너무 심한 횡포였다. 그러나 다음 날 석대의 말만 듣고 여럿 앞에서 나를 불러내 매질할 담임선생님과 또 그걸 고소하게 바라볼 석대의 얼굴을 떠올리자 그런 충동은 이내 잦아들었다. 대신 좀 비굴하기는 하지만 아이답지 않게 고급한 책략을 생각해 내면서 오히려 석대가 더 늦게 오기를 바라게 되었다. 내가 괴로워하는 걸 보고 싶다면 보여주마. 네가 돌아오면 눈물이라도 흘리며 괴로워해 주마. 그렇게라도 네 앙심을 풀 수 있다면. ― 그게 내가 생각해 낸 책략이었다.

석대와 아이들이 다시 뒷문께에 나타난 것은 교정 서쪽의 아름드리 히말라야시다 그늘이 운동장을 온전히 가로지른 뒤였다. 그런데 그게 어쩌된 일이었을까, 먹을 감았는지 젖은 머리칼들을 반짝이며 왁자하게 운동장으로 들어서는 그들을 보자, 별로 애쓸 것도 없이 내 눈에서 갑자기 눈물이 쏟아졌다. 얼마 전의 책략 따위는 까맣게 잊은, 마음 깊은 곳에서 우러나는 진짜 눈물이었다.

얼핏 들으면 느닷없고 이상하게 느껴질지 모르지만, 이제 와서 냉정히 따져보면 그때의 그 눈물을 전혀 설명할 수 없는 것은 아니다. 저항을 포기한 영혼, 미움을 잃어버린 정신에게서 괴로움이 짜낼 수 있는 것은 슬픔의 정조(情調)뿐이다. 나는 그때 아마도 스스로의 무력함이 슬퍼서 울었고, 그 외로움이 슬퍼서 울었을 것이다.

"어이, 한병태."

그 갑작스러운 눈물은 걷잡을 수 없는 흐느낌으로 변해 내가 창틀을 붙들고 울고 있을 때 가까운 곳에서 그런 소리가 들렸다. 눈물을 씻고 그쪽을 보니 아이들을 저만치 떼어놓고 석대 혼자 창틀 아래로 와서 나를 올려다보고 있었다. 전에 없이 너그럽고 — 신비스러워 뵈기까지 하는 얼굴이었다.

"이제 돌아가도 좋아. 유리창 청소 합격."

샘솟는 내 눈물로 이내 뿌옇게 흐려진 그 얼굴 쪽에서 다시 그런 부드러운 목소리가 들렸다. 짐작컨대 그는 내 눈물의 본질을 꿰뚫어보았음에 틀림이 없다. 거기서 이제는 결코 뒤집힐 리 없는 자신의 승리를 확인하고 나를 그 외롭고 고단한 싸움에서 풀어준 셈이었다. 그러나 내게는 그 너그러움이 오직 감격스러울 뿐이었다. 이튿날 나는 그 감격을 아끼던 일제 샤프펜슬로 그에게 나타냈다…….

너무도 허망하게 끝난 싸움이고 또한 그만큼 어이없이 시작된 굴종이었지만, 그 굴종의 열매는 달았다. 오래고 끈질긴 반항 끝에 이루어진 굴종의 열매라 특히 더 달았는지도 모를 일이었다. 내가 그의 질서 안으로 편입된 게 확인되면서 석대의 은혜는 폭포처럼 쏟아졌다.

제
2
부

———

6

석대가 먼저 내게 베푼 것은 주먹싸움의 서열을 바로잡아준 것이었다. 그의 그늘에서 부당하게 내 순위를 가로채 간 녀석들 가운데 몇몇은 호된 값을 치르고 내게 그 순위를 내놓아야 했다. 석대는 그새 나를 얕볼 대로 얕보게 된 아이들이 제 힘도 헤아려보지 않고 내게 함부로 이 새끼 저 새끼 하는 걸 보면 느닷없이 녀석을 윽박질렀다.

"야, 너 정말 병태한테 이겨? 싸워서 이길 자신 있느냐구?"

그러고는 다시 내게 넌지시 권하듯 말했다.

"병태, 너 다시 한번 안 싸워 볼래? 저런 병신 같은 새끼한테 영영 죽어지낼 작정이야?"

그러면 거기 힘을 얻은 나는 그가 마련해 준 공정한 링에서 싸움을 벌였고, 그동안 맺힌 앙심은 내 주먹을 한층 맵게 해주어 번번이 통쾌한 승리를 내게 안겨주었다. 그 기세에 겁먹은 아이들은 싸워보지도 않고 손을 들었으며 — 그 바람에 나는 몇 번 싸우지도 않고 원래의 내 주먹 서열보다는 오히려 두세 등급 높은 열두 번째로 올라설 수 있었다.

동무들과 놀이도 되찾았다. 내가 석대에게서 사면받은 게 알려지자 아이들도 더 나를 피하려 들지 않았다. 오히려 석대가 나를 남달리 생각하는 걸 눈치 채고 놀이 같은 데서 서로 자기편을 만들려고 애를 썼다. 한 학기의 외로움과 쓰라림을 한꺼번에 씻어줄 만한 반전이었다.

나를 우리 학급에서뿐만 아니라 학교 전체에서도 유명한 말썽꾼으로 만들었던 크고 작은 규칙 위반의 문제도 더는 나를 괴롭히지 않았다. 아무것도 아닌 잘못까지도 시시콜콜히 물고 늘어지던 고발자들은 자취를 감추고 나는 차츰 모범생으로 변해 갔다. 우리가 지켜야 할 규범들이 갑자기 줄어든 것도 아니고 내 자신이 변한 것도 없건만, 담임선생도 돌아온 탕아를 맞는 아버지처럼 그런 나를 따뜻이 반겨주었다.

그렇게 되자 공부도 차츰 제자리로 돌아왔다. 2학기가 절반도 가기 전에 나는 10등 안으로 들어섰고, 겨울방학 전의 일제고사에서는 마침내 2등을 되찾았다. 그리고 성적을 되찾은 것을 끝으로 제법 심각했던 아버지와 어머니의 걱정도 없어졌다. 나는 다시 그분들의 자랑스럽고 똑똑한 맏아들로 돌아갔다.

따지고 보면 그 모든 것은 기실 석대가 내게서 빼앗아갔던 것들이었다. 냉정히 말하자면 나는 내 것을 되찾은 것뿐이고, 한껏 석대를 보아 준댔자 꼭 필요하지도 않는 곳에 약간의 이자를 보태준 것에 지나지 않았다. 그러나 한 번 굴절을 겪은 내 의식에는 모든 것이 하나같이 석대의 크나큰 은총으로만 느껴졌다.

거기에 비해 석대가 대가로 요구하는 것은 생각 밖으로 적었다. 다른 아이들에게는 그렇지 않았던 듯도 싶지만, 그는 내게서 무엇을 빼앗기는커녕 달라는 법조차 없었다. 내가 맘이 내켜 맛난 것이나 귀한 학용품을 갖다줘도 그는 받으려 하지 않았고, 어쩌다 받게 되면 반드시 그 몇 배로 돌려주었다. 그래서 오히려 더 잦은 것은 내가 그에게서 무엇을 얻어 쓴 것 같은 기억이었다. 그것들이 하나같이 다른 아이들에게서 빼앗거나 억지로 거둬들인 것이어서 께름칙하기는 했어도.

또 석대는 내게 무슨 의무를 지우거나 무엇을 강제하지 않았다. 때로 아이들은 무언가 석대가 지운 부당한 의무와 강제를 이행하느라 고통스러워하는 듯했지만, 나는 한 번도 그런 적이 없었다. 그 바람에 그 소극적인 특전 — 의무와 강제의 면제 — 은 본래의 뜻 이상으로 나를 자주 감격시켰다.

그가 내게 바라는 것은 오직 내가 그의 질서에 순응하는 것, 그리하여 그가 구축해 둔 왕국을 허물려 들지 않는 것뿐이었다. 실은 그거야말로 굴종이며, 그의 질서와 왕국이 정의롭지 못하다는 전제와 결합되면 그 굴종은 곧 내가 치른 대가 중에서 가장 값비싼 대가가 될 수도 있었지만 이미 자유와 합리의 기억을 포기한 내게는 조금도 그렇게 느껴지지 않았다.

하기야 나중에 — 그러니까 내가 그의 질서에 온전히 길들여지고 그의 왕국에 비판 없이 안주하게 되었을 때 — 그가 베푼 은총의 대가로 내가 지불해야 했던 게 한 가지 더 있기는 했다. 그것은 바로 나의 그림 솜씨였다. 나는 미술 실기 시간만 되면 다른 아이들이 한 장을 그리는 동안 두 장을 그려야 했다. 그림 솜씨가 시원찮은 석대를 위해서였는데, 그 바람에 교실 뒷벽 '우리들의 솜씨' 난에는 종종 내 그림 두 장이 석대의 이름과 내 이름을 달고 나란히 붙어 있곤 했다. 그러나 그것도 석대가 원해서 그랬는지, 내가 자청해서 그랬는지조차 뚜렷하게 기억나지 않을 만큼 강요받은 흔적은 보이지 않는다. 짐작으로는 그의 왕국에 안주한 한 신민으로서 자발적으로 바치는 조세나 부역에 가까운 것인 성싶다.

7

저 화려한 역사책의 갈피에서와는 달리 우리 반의 혁명은 갑작스럽고 약간은 엉뚱한 방향에서 왔다. 그 이듬해 담임선생이 갈린 지 채 한 달도 안 돼 그렇게도 굳건해 보였던 석대의 왕국은 겨우 한나절로 산산조각이 나고 그 철권의 지배자는 한낱 범죄자로 전락해 우리들의 세계에서 사라져간 일이 그랬다.

그렇지만 내게는 그 혁명의 발단이나 경과를 얘기하기 전에 먼저 고백해 둘 일이 하나 있다. 그것은 바로 석대의 왕국을 뿌리째 뒤흔든 계기가 된 그의 엄청난 비밀을 내가 진작부터 알고 있었다는 점이었다.

아마도 그해 12월 초순의 일이었던 걸로 기억된다. 일제고
사를 친 날이었는데, 시험을 공정하게 보인다는 뜻에서 이례적
으로 자리를 막 뒤섞는 바람에 내 곁에는 박원하라는 공부 잘
하는 아이가 앉게 되었다. 여러 과목 중에서도 특히 산수가 뛰
어난 아이로 석대와 가깝기로도 열 손가락 안에 들었다. 언제
나 산수가 모자라 걱정인 내게는 그 아이가 내 곁에 앉은 게
왠지 든든하게 느껴졌다.

그런데 두 시간째 산수 시험 시간이 되어 나는 우연히 박원
하가 이상한 짓을 하는 걸 보게 되었다. 응용문제 하나가 막힌
내가 꼭 컨닝을 하겠다는 뜻에서라기보다 그 애는 답을 썼나
안 썼나가 궁금해 힐끗 훔쳐보니, 이미 답안지를 다 채운 그 애
가 자신의 이름을 지우개로 지우고 있었다. 나는 문득 수상쩍
은 느낌이 들었다. 답이야 지웠다 새로 쓰는 수도 있지만 자기
이름을 잘못 써서 지우는 수는 없기 때문이었다.

그 바람에 나는 시간이 얼마 안 남았다는 것도 잊고 박원
하가 하는 짓을 유심히 살폈다. 그 애는 힐끔힐끔 시험 감독을
나온 딴 반 담임을 훔쳐보며 방금 말끔히 지운 곳에 얼른 이름
을 써넣었는데 놀랍게도 그 이름은 엄석대의 것이었다. 이름을

다 써넣고야 여유를 찾은 그 애가 사방을 슬그머니 돌아보다 나와 눈이 마주치자 찔끔했다. 그러나 그 눈꼬리에 곧 웃음기가 비치는 게 나를 경계하거나 두려워하는 것 같지는 않았다.

"너 아까 뭘 했니?"

쉬는 시간이 되자마자 나는 박원하에게 가만히 물어보았다. 원하는 비실비실 웃으며 대답했다.

"이번에는 — 산수가 내 차례였어."

"산수가 네 차례라니? 그럼 다른 과목도 누가 그러는 거야?"

나는 놀랍고도 어이없어 다시 그렇게 물었다. 박원하가 잠깐 사방을 둘러보더니 소리를 낮춰 말했다.

"몰랐어? 지난 시간 국어 시험은 아마도 황영수가 했을걸."

"뭐야? 그럼 너희들은……."

"엄석대의 점수를 받는 거지, 뭐. 너는 미술을 대신 그려주니까 눈치 봐서 두 장을 그려내면 되지만 시험은 그게 안 되잖아? 석대하고 점수를 바꾸는 수밖에……."

그제서야 나는 엄석대가 그토록 놀라운 평균 점수를 얻어내는 비결을 알아차렸다. 내가 별 생각 없이 그려준 그림도 사실은 석대의 전 과목 수(秀)를 돕고 있었다는 것도.

"전 과목 모든 시험마다 그래?"

나는 놀란 가슴을 진정시키며 다시 물었다. 박원하는 공범자끼리의 은근한 말투로 내가 묻는 대로 숨김없이 대답해 주었다.

"전 과목 모두는 아니야. 대개 두 과목쯤은 제 스스로 공부해 오지. 이번에는 자연과 사회만 진짜 엄석대의 실력이야. 그러나 시험마다 그 과목도 바꾸고 대신 이름을 써낼 아이도 바꿔."

"그럼, 그 두 과목을 뺀 나머지 시험에서 엄석대가 받는 점수는 어때?"

"한 80점 안팎일 거야."

"그렇다면 이번 산수 시험의 경우 너는 15점 이상 손해 보잖아?"

"할 수 없지, 뭐. 다른 애들도 다 그러니까. 거기다가 석대는 차례를 공정하게 돌리기 때문에 손해는 모두 비슷해. 따라서 석대만 빼면 우리끼리의 성적순은 실력대로야. 너같이 재수 좋은 애가 우리 앞에 끼어들지 않는다면 말이야."

원하가 우리라고 하는 것은 석대가 특별히 우대하는 예닐곱을 가리키는 말이었다. 공부로는 반에서 가장 윗길인 동아리로, 끼어든 지 얼마 되지는 않지만 나도 그중의 하나였다.

"그런데…… 아직 석대가 그걸 네게 말해 주지 않았어? 이상한데……."

그 엄청난 비밀이 준 충격으로 멍해 있는 나를 보다가 원하가 갑자기 걱정스런 얼굴이 되어 물었다. 그러다가 이내 스스로를 안심시키듯 덧붙였다.

"뭐, 이제야 말해 줘도 괜찮겠지. 너도 석대의 그림을 대신 그려주고 있으니까. 그건 미술 실기 시험 대신 쳐주는 셈이잖아. 거기다가 곧 석대와 시험지를 바꿔야 할지도 모르고……."

하지만 그때 이미 나는 갑작스럽고도 세찬 유혹에 휘말려 제정신이 아니었다.

그 유혹이란 방금 알아낸 이 엄청난 비밀로, 어느 누구도 용서할 리 없는 무서운 비행의 이 움직일 수 없는 증거로, 이미 끝난 석대와의 싸움을 뒤집어보자는 것이었다. 담임선생이 아무리 무정하고 성의 없다 해도 석대의 그 같은 비행까지는 묵인하지 않을 것 같았다. 그리하여 석대를 잡기만 한다면 그것은 지금껏 그를 두둔해 온 담임선생에게 멋진 앙갚음이 될 뿐만 아니라, 나를 믿지 않고 윽박지르기만 한 아버지, 어머니에게도 멋진 앙갚음이 될 것이었다. 억눌려 참고는 있어도 실은 괴로워하고 있음에 틀림없는 아이들에게 나는 새로운 영웅으로 떠오를 것이고, 쓰라림으로 포기해야 했던 자유와 합리의 지배가 되살아날 것에 대해서도 나는 분명 가슴 두근거렸다.

그러나 다시 수업 시작을 알리는 종소리가 나고 시험 감독으로 들어온 담임선생의 얼굴을 보게 되면서부터 들떠 있던 내 마음은 조금씩 가라앉기 시작했다. 이미 있는 것은 모두가 심드렁하고 새로움과 변화는 오직 귀찮고 성가실 뿐이라는 듯한 그의 표정에서 라이터 사건 때의 내 참담한 실패가 떠오른 까닭이었다. 움직일 수 없는 증거를 코앞에 들이대지 않는 한 그의 둔감과 무관심의 벽을 허물 수 있는 일은 아무것도 없을 성싶었다.

거기서 나는 다시 아이들을 돌아보았다. 움직일 수 없는 증거가 돼 줄 수 있는 것은 그들이었으나, 그들이 갑자기 내 편이 되어 그때껏 묵인하고 협조해 오던 석대의 그 같은 비행을 담임선생에게 밝혀주리라는 보장 또한 그리 많아 보이지는 않았다. 거기다가, 어떤 의미에서는 그들도 석대의 공범자들이 아닌가, 석대와 힘을 합쳐 담임선생의 공정한 채점을 방해해 오지 않았는가, 하는 생각이 들자 나는 더욱 자신이 없어졌다. 그때 분명히 석대에게 라이터를 빼앗겨 놓고도 담임선생이 묻자 빌려주었을 뿐이라며 시치미를 떼던 병조의 얼굴이 머릿속에 생

생히 떠오르고, 모처럼 석대를 마음놓고 고발할 기회를 주었
건만 오히려 내 자신의 자질구레한 잘못들만 가득 적혀 있던
시험지들이 섬뜩하게 눈앞에 되살아났다.

그때는 이미 두 달 가까이나 맛들인 굴종의 단 열매나 영악
스런 타산도 나를 말렸다. 사실 이런저런 어른들 식의 정신적
인 허영을 빼면 석대의 질서 아래 있다고 해서 내게 불리할 것
은 아무것도 없었다. 이미 말했듯, 나의 끈질기고 오랜 저항은
오히려 훈장이 되어 내게 여러 가지 특전으로 되돌아온 까닭
이었다. 어떤 면에서 나는 어린이 자치회와 다수결의 지배를
받던 서울에서보다 더 많은 자유를 누렸고 반 아이들에 대한
영향력에 있어서도 서울에서의 내 위치였던 분단장 급보다 크
면 컸지 작지는 않았다. 성적에 있어서도. ― 석대가 그런 식으
로 계속 다른 아이들의 발목을 잡아주는 게 내게 유리할 수도
있었다. 일등을 넘보지 않는 한 이등은 그리 힘들이지 않고도
내 차지가 될 것이기 때문이었다.

그러나 내가 담임선생에게 달려가는 걸 결정적으로 막은 것
은 다름 아닌 석대 그 자신이었다. 두 가지 상반된 유혹에 시달
리면서도 그날 시험이 다 끝날 때까지 마음을 정하지 못한 내
가 복잡한 머릿속으로 종회를 기다리고 있을 때 석대가 불쑥

내 책상 앞으로 다가와 말했다.

"야, 한병태, 오늘 일제고사도 끝났고 하니까 우리 어디 놀러 가는 거 어때?"

그가 내 마음속을 들여다보았을 리는 없었지만 제풀에 놀란 내가 펄쩍 일어나며 물었다.

"추운데 어딜?"

"미포쯤이 어때? 거기 춥지 않게 놀 수 있는 곳을 알아."

미포는 학교에서 오 리쯤 떨어진 솔숲 끝의 냇가였다. 어른들의 눈으로는 폭격에 반쯤 부서진 일제 때의 공장 건물 몇 채가 있을 뿐인 황량한 곳이었으나 아이들에게는 바로 그 부서진 공장이 좋은 놀이터가 되었다.

"그래, 좋아."

"우리 모두 가자."

나보다 곁에서 듣고 있던 아이들이 더 신이 나 그렇게 떠들며 나섰다. 나도 그걸 마다할 마땅한 구실이 없었다. 수상쩍게 보이지 않기 위해서도 찬동하지 않을 수 없었는데, 그걸로 종회 뒤에 따로이 담임선생을 만날 길은 절로 막혀버렸다.

떨떠름하게 따라나서긴 했어도, 그 오후는 오래오래 기억에 뚜렷할 만큼 별나고도 재미있었다. 석대는 한꺼번에 거의 모두가 따라나서는 반 아이들 중에서 여남은 명만 추렸다. 얼핏 보기에는 마구잡이로 추리는 것 같았으나 나름으로는 어떤 기준을 두었음에 분명했다.

"너희들 돈 가진 거 있지?"

미포에 도착해 양지 바른 어떤 부서진 공장 건물에 자리 잡자마자 석대가 아이들을 돌아보며 물었다. 그중의 대여섯이 주머니를 털어 그 당시 우리들에게는 꽤 많은 돈인 370환을 모아 바쳤다. 석대는 그중에서 둘을 지목해 그 돈으로 과자와 사이다를 사오게 하고 다시 아이들을 돌아보며 물었다.

"너희들은 나무를 주워 와. 햇볕이 따뜻하지만 곧 쌀쌀해질 거야. 고구마와 땅콩도 구워야 하구."

그때 이미 제법 석대의 질서에 길들어 있던 나는 내 자신도 당연히 그 나머지에 포함된 줄 알았다. 그래서 그들과 함께 나무를 주워 모으러 가려는데 석대가 나를 불러 세웠다.

"한병태, 너는 여기 남아. 거들어줄 게 있어."

나는 거기서 다시 한번 까닭 없이 찔끔했지만 그게 순전히 호의에서 나온 것임은 이내 알 만했다. 석대는 돌 몇 개를 옮겨 불 피울 자리를 만든 걸로 제 일을 끝내고 줄곧 나와 얘기만 했다. 나를 이런저런 심부름에서 빼내 준 것 이상의 뜻이 있는 것 같았다. 이를테면 나도 석대 밑이기는 하지만 그 애들과 같은 졸병은 아니라든가 하는.

이윽고 여기저기로 흩어져 갔던 아이들이 돌아오자 지붕이 반쯤 날아간 그 부서진 공장은 세상에서 가장 즐거운 놀이터가 되었다. 겨울 아이들에게 잘 핀 모닥불보다 더 재미있고 신나는 놀잇감이 있을까. 거기다가 그 불에 구워 먹을 땅콩과 고구마가 수북이 쌓여 있고, 또 그게 익을 때까지 입을 다시고도 남을 과자와 사이다가 있었다.

우리는 거기서 해질 때까지 먹고 마시고 웃고 떠들었다. 말타기도 하고 술래잡기도 하고 노래자랑도 했다. 그리고 배꼽을 움켜잡게 만든 '케세라' 악단의 연주. ― 한 녀석은 바지를 내리고 여물지도 않은 고추를 꺼내 그 살가죽을 잡아당겨 한 뼘이나 되게 한 뒤, 그걸 현으로 삼고 검지를 활로 삼아 바이올린을 켜는 시늉을 했다. 한 녀석은 두 손을 묘하게 움켜잡아 만든 손나팔로 제법 진짜 나팔 비슷한 소리를 냈고, 다른 한 녀석은 불룩한 배를 드러내 북 대신 철썩거리고 쳤다. 그 곁에서 몸을 비꼬며 가수 흉내를 내는 녀석에다 물구나무서기와 공중제비를 번갈아 하며 주위를 돌던 녀석.

그런데 한 가지 특기할 일은, 그 오후 갑자기 전보다 갑절이나 내게 은근해진 석대의 태도였다. 그는 나를 다른 아이들과는 사뭇 격을 달리해 대접했고, 그곳에서의 놀이도 거의 나를 위한 잔치처럼 진행시켰다. 아니, 그 이상 그날만은 숫제 나를 자신과 동격으로 올려놓았다는 편이 옳겠다. 지나친 비약이 될지 모르지만, 어쩌면 그 무서운 아이는 내게서 어떤 좋지 못한 낌새를 느끼고 '권력의 미각'으로 나를 구워삶으려 한 것이나 아니었는지 모르겠다.

여하튼 나는 석대가 맛보인 그 특이한 단맛에 흠뻑 취했다. 실제로 그날 어둑해서 집으로 돌아가는 내 머릿속에는 그의 엄청난 비밀을 담임선생에게 일러바쳐 무얼 어째 보겠다는 생각 따위는 깨끗이 씻겨지고 없었다. 나는 그의 질서와 왕국이 영원히 지속되기를 믿었고 바랐으며 그 안에서 획득된 나의 남다른 누림도 그러하기를 또한 믿었고 바랐다. 그런데 그로부터 채 넉 달도 되기 전에 그 믿음과 바람은 모두 허망하게 무너져버리고 몰락한 석대는 우리들의 세계에서 사라지게 되고 마는 것이었다.

혁명이라고 부르기에는 너무 갑작스럽고 또 약간은 엉뚱하기도 한 그 기묘한 혁명의 발단과 경과는 이러했다.

8

6학년으로 올라가면서 우리는 본격적인 중학 입시 준비에 들어가고 담임선생도 거기에 맞춰 바뀌었다.

새로 우리 반을 맡게 된 선생님은 사범학교를 나온 지 몇 해 안 된 젊은 분이었다. 아직 경험은 많지 않지만 그 유능함과 성실함이 인정되어 특별히 입시반 담임으로 발탁되었다는 소문도 있었다.

여럿 가운데서 뽑혀 오신 분인 만큼 새 담임선생은 첫날부터 남다른 데가 느껴졌다. 작은 일도 지나쳐보거나 흘려듣는 일이 없는 만큼이나 느낌도 예민해 첫 종회 시간에 이미 그분은 우리를 은근히 몰아세웠다.

"이 반은 왜 이리 활기가 없어? 어릿어릿하며 눈치나 슬슬 보구……."

그런 그의 남다른 관찰력은 반을 맡은 지 사흘 만에 벌써 문제의 핵심에 다가들고 있었다. 그날 6학년 들어 새로운 급장 선거가 있었는데, 석대가 61표 중 59표로 당선되자 담임선생은 벌컥 화를 냈다.

"이 따위 선거가 어디 있어? 무효표 하나와 당선자 본인의 표를 빼면 전원 일치잖아? 선거 다시 해."

그리고 재빨리 실수를 알아차린 석대가 손을 쓴다고 써 다음 선거에서 51표로 떨어뜨려도 마찬가지였다.

"이건 뭐야? 엄석대를 빼면 나머지 후보자 아홉은 전부 한 표씩이잖아? 도대체 경쟁자가 없는 선거가 무슨 소용 있어?"

그렇게 화를 내며 엄석대와 우리를 번갈아 쏘아보는 것이었다. 그분도 명백한 선거 결과는 어쩔 수가 없어 엄석대를 급장으로 인정하기는 했지만 어쩌면 그 기묘한 혁명은 이미 거기서부터 시작됐다고 할 수도 있었다.

"이 못난 것들. 그저 겁만 많아 가지고……."

"눈알 똑바로 두어! 사내자식들이 흘금흘금 눈치는 무슨……."

다음 날부터 담임선생님은 틈틈이 우리를 그렇게 몰아세우는 한편, 좀 어렵다 싶은 문제만 나오면 석대를 불러내 풀게 했다. 석대도 어떤 위기감을 느낀 듯했다. 제 딴에는 기를 쓰고 대비하는 것 같았지만 담임선생님을 만족시키기에는 많이 모자라 보였다. 첫 평가 시험이 있었던 다음 날 석대에게 준 핀잔이 그 한 예였다.

"엄석대, 너는 어째 시험은 잘 치면서 수업시간 중에는 그게 뭐야? 영 알 수 없는 놈이잖아."

하지만 그분도 석대가 하고 있는 엄청난 속임수에까지는 생각이 미치지 않았던 듯했다. 언제나 의혹의 눈을 번쩍이면서도, 석대가 이미 확보하고 있는 권위나 우리 학급을 움직이는 기존 질서는 인색하게나마 인정을 해주었다.

그럼에도 불구하고 담임선생의 그 같은 태도는 아이들에게 적지 않은 영향을 미쳤다. 담임선생님이 석대의 편이 아니라는 것, 전번 담임선생처럼 석대를 턱없이 믿기는커녕 오히려 무언가를 의심하고 있다는 것이 점점 명백해지자, 그 전해 내가 그렇게 움직여 보려고 해도 꿈쩍 않던 아이들이 절로 꿈틀대기 시작했다. 감히 정면으로 도전하지는 못해도 조그마한 반항들이 심심찮게 일었고, 무슨 일이 일어나도 석대보다는 담임선생님을 먼저 찾는 아이들이 하나둘 늘어갔다.

거듭거듭 말하지만 석대는 참으로 무서운 아이였다. 우리보다 나이가 많다 해도 기껏 열네댓의 소년에 지나지 않았건만, 그는 참아야 할 때와 물러나야 하는 곳을 아는 듯했다. 그쪽으로는 본능적으로 발달된 감각을 지닌 아이 같았다. 그전 같으면 주먹부터 내지르고 볼 일은 가벼운 눈흘김으로 대신하고, 눈흘김으로 대할 일은 너그러운 미소로 대신하며 어렵게 버텨나갔다. 눈치 빠른 아이들이 '공납'을 게을리해도 응징을 자제했고, "야, 그거 좋은데."와 "그거 좀 빌려줘."란 말은 아예 쓰지도 않았다.

내 생각에, 그때 석대는 시험지 바꿔치기의 위험도 충분히 알고 있었으리라고 본다. 그러나 그것만은 그만둘 수가 없었을 것이다. 이미 호랑이 등에 올라탄 격이 되어 끝 가는 데까지 달려 보는 수밖에 없었다. 공부 쪽을 포기하는 것도 생각할 수 없는 길은 아니지만, 그러기에는 '전교 1등 엄석대'로서의 이 년에 가까운 세월의 부담이 너무 컸다······.

그리하여 마침내 일이 터진 것은 3월 말의 첫 일제고사 성적이 발표되던 날이었다. 그날 새파랗게 날선 얼굴로 아침 조례를 들어온 담임선생님은 대뜸 우리들의 성적부터 불러준 뒤에 차갑게 말했다.

"엄석대는 평균 98점으로 전 학년에서 1등을 했고 나머지는 모두가 전 학년 10등 밖이다. 나는 오늘 이 수수께끼를 풀어야겠다."

그러고는 갑자기 매서운 목소리로 엄석대를 불러냈다.

"교단 모서리를 짚고 엎드려뻗쳐."

엄석대가 애써 태연한 표정을 지으며 교탁 앞으로 나가자 담임선생님은 아무런 앞뒤 설명 없이 그렇게 명령했다. 그리고 엄석대가 엎드리자 출석부와 함께 들고 온 굵은 매로 그의 엉덩이를 모질게 내려쳤다.

갑자기 찬물을 끼얹은 듯 조용해진 교실 안은 매질 소리와 신음을 참는 석대의 거친 숨소리로 가득했다. 나로서는 처음 보는 모진 매질이었다. 제법 어린애 팔목만 하던 매는 금세 끝이 갈라지고 조각조각 떨어져 나갔다. 그러나 그런 모진 매질보다 더욱 내게 충격적인 것은 석대가 매를 맞고 있다는 사실 그 자체였다.

석대도 매를 맞는다. 저토록 비참하고 무력하게. ─ 그것은 나뿐만 아니라 우리 반 아이들 모두에게 충격이었을 것이다. 그리고 그때 담임선생님이 노린 것도 바로 그런 충격이었음에 틀림없다. 그사이 담임선생님의 손에 들린 매는 반 토막으로 줄어 있었으나 매질은 멈춰지지 않았다. 아픔을 못 이겨 몸을 비틀면서도 어지간히 견디던 석대도 마침내는 교실 바닥에 엎어지며 괴로운 신음을 뱉어냈다.

담임선생님은 그때를 기다리고 있었던 듯했다. 쓰러진 석대를 버려두고 교탁으로 가더니 석대의 시험지를 찾아 다시 엎드려뻗쳐를 하고 있는 석대 곁으로 갔다.

"엄석대, 여기를 잘 봐. 여기 이름 쓴 데 지우개 자국이 보이지?"

그제서야 나는 담임선생님이 드디어 석대의 비밀을 눈치 챘음을 알았다. 그러자 문득 석대를 향한 동정이나 근심보다는 일의 결말이 더 궁금해지기 시작했다. 석대가 그전 라이터 사건 때처럼 자신의 잘못을 부인하고 아이들도 그때처럼 입을 모아 그를 뒷받침해 준다면 어떻게 될까 하는 것이었다.

"잘못……했습니다."

한참 뒤에 들리는 석대의 대답은 실망스럽게도 그랬다. 아무래도 그는 열네댓 살의 소년에 지나지 않았고, 또 굴복하기 쉬운 육체를 지닌 인간이었다. 어쩌면 담임선생님의 그 모진 매질은 다른 번거로운 절차 없이 그에게서 바로 그 말을 끌어내기 위함이었는지도 모를 일이었다.

석대의 그 같은 말이 들리자 아이들 사이에는 다시 한 차례 눈에 보이지 않는 동요가 일었다. 석대도 항복을 한다. ── 있을 것 같지 않던 그런 일이 눈앞에서 벌어진 데서 온 충격 때문이었을 것이다. 나도 그랬다. 그 말을 듣는 순간 나도 모르게 몸을 움찔했을 정도였다.

그 담임선생님이 받은 유능하다는 평판은 두뇌가 조직적이고 치밀하다는 뜻이나 아니었는지 모르겠다. 바라던 굴복을 받아내자 담임선생은 석대에게 거의 생각할 틈을 주지 않고 다음 단계로 들어갔다.

"좋아, 그럼 교탁 위로 올라가 꿇어앉고 손들어."

담임선생님은 금세라도 모진 매질을 다시 시작할 듯 석대에게로 다가가며 그렇게 명령했다. 뒷일로 미뤄보면 그때 아마도 석대는 기습과도 같은 매질에 잠시 얼이 빠졌던 듯싶다. 채찍에 몰린 맹수처럼 어기적거리며 교탁 위로 올라가 두 손을 들고 꿇어앉았다.

그런 석대를 보며 나는 또 한 번 이상한 경험을 했다. 그전의 석대는 키나 몸집이 담임선생님과 비슷하게 보였고, 따로 떼어놓고 생각하면 오히려 석대 쪽이 더 큰 것처럼 느껴지기까지 했다. 그런데 그날 교탁 위에 꿇어앉은 석대는 갑자기 자그마해져 있었다. 어제까지의 크고 건장했던 우리 반 급장은 간곳없고, 우리 또래의 평범한 소년 하나가 볼품없는 벌을 받고 있을 뿐이었다. 거기 비해 담임선생님은 키와 몸집이 갑자기 갑절은 늘어난 듯했다. 그리하여 무슨 전능한 거인처럼 우리를 내려다보고 서 있는 것 같았다. 이 또한 짐작에 지나지 않지만, 그 같은 느낌은 다른 아이들에게도 마찬가지였을 것이고, 어쩌면 담임선생님은 처음부터 그걸 노렸는지도 모를 일이었다.

• • •
우리들의 일그러진 영웅

9

"박원하, 황영수, 이치규, 김문세……."

이어 담임선생님은 다시 여섯 명의 아이들을 불러냈다. 모두 번갈아가며 석대의 대리 시험을 쳐준 우리 반의 우등생들이었다. 낮이 하얗게 질린 그 애들이 쭈뼛거리며 교탁 앞으로 나서자 담임선생님이 약간 풀어진 목소리로 말했다.

"나는 너희들이 지난 한 달의 각종 시험에서 번갈아가며 자신의 이름을 지우고 딴 이름을 써서 낸 걸 알고 있다. 어쩔래? 맞고 입을 열래? 좋게 물을 때 바로 댈래? 그게 누구야? 누구와 시험점수를 바꾼 거야?"

그런데 담임선생님의 그 같은 물음이 채 끝나기도 전이었다. 그때껏 초점을 잃고 반쯤 감겨져 있던 석대의 눈이 번쩍 치켜떠지며 갑자기 무서운 빛을 뿜었다. 들고 있는 팔의 무게로 처져 있던 그의 어깨도 어느새 꿋꿋하게 세워져 있었다. 그걸 본 아이들이 움찔했다. 그러나 대세는 이미 기울어진 뒤였다. 아이들은 이미 석대가 약한 걸 보았고 따라서 서슴없이 강한 담임선생님을 택했다.

"엄석댑니다."

아이들이 입을 모아 그렇게 대답하자 석대는 괴로운 듯 눈을 질끈 감았다. 분명히 석대의 입은 굳게 다물어져 있었지만 나는 몸속 깊은 곳에서 우러나는 그의 신음소리를 들은 듯했다.

"좋아, 그럼 어째서 그런 짓을 하게 됐는지 황영수부터 말해 봐."

담임선생님은 한층 목소리를 부드럽게 해서 달래듯 말했다. 매를 축 늘어뜨리고 말하는 폼이, 너희들은 바로 대답하기만 하면 용서해 줄 수도 있다고 하는 것 같았다. 거기 희망을 건 아이들이 석대의 존재는 거의 무시한 채 제각기 이유를 댔다. 때릴까 겁이 나서, 아무것도 아닌 걸 위반으로 걸어 벌주기 때문에, 놀이에서 따돌림 받기 싫어, 따위로 대개 나도 겪은 이유들이었다.

"그래, 그동안 기분들이 어땠어?"

담임선생님이 다시 그렇게 물었다. 이번에도 아이들은 숨김없이 속을 털어놓았다. 잘못했습니다, 죄스러웠습니다가 절반, 선생님께 들킬까 봐 겁났습니다가 절반이었다. 그런데 참으로 알 수 없는 것은 담임선생님이었다. 마지막 아이의 말이 끝나는 순간 그의 표정이 험하게 일그러졌다.

"그래애?"

담임선생님은 비꼬듯 내뱉으며 그들 여섯을 차갑게 쏘아보다가 갑자기 우리 모두가 흠칫할 만큼 목소리를 높였다.

"모두 교단을 짚고 엎드려뻗쳐!"

그러고는 한 사람 앞에 열 대씩 매질해 나가기 시작했다. 맞는 동안에 두어 번씩은 몸이 교실 바닥으로 내려앉을 만큼 모진 매질이었다. 매질이 끝나자 교실 안은 한동안 그들의 훌쩍거림으로 시끄러웠다.

"모두 일어나!"

이윽고 훌쩍거림이 잦아들자 담임선생님은 그들 여섯을 일으켜 세우고 간신히 성을 가라앉힌 목소리로 말했다.

113
• • •
제2부

"나는 되도록 너희들에게 손을 안 대려고 했다. 석대의 강압에 못 이겨 시험지를 바꿔준 것 자체는 용서할 수도 있었다. 그러나 그동안 너희들의 느낌이 어떠했는가를 듣게 되자 그냥 참을 수가 없었다. 너희들은 당연한 너희 몫을 빼앗기고도 분한 줄 몰랐고, 불의한 힘 앞에 굴복하고도 부끄러운 줄 몰랐다. 그것도 한 학급의 우등생인 녀석들이……. 만약 너희들이 계속해 그런 정신으로 살아간다면 앞으로 맛보게 될 아픔은 오늘 내게 맞은 것과는 견줄 수 없을 만큼 클 것이다. 그런 너희들이 어른이 되어 만들 세상은 상상만으로도 끔찍하다……. 모두 교단 위에 손 들고 꿇어앉아 다시 한번 스스로를 반성하도록."

아마도 그때 담임선생님은 우리에게 지나치게 어려운 걸 가르치려고 들었던 것이나 아닌지 모르겠다. 우리 중 누구도 그 자리에서는 그 말의 참뜻을 알아듣지 못했고, 더러는 삼십 년이 지난 지금에조차 그 말을 다 이해한 것 같지는 않다.

담임선생님이 드디어 자리에 앉아 있는 우리 모두에게로 돌아선 것은 그 여섯이 눈물로 범벅진 얼굴이 되어 교단 위에 나란히 꿇어앉은 다음이었다.

"지금껏 선생님이 알아낸 것은 석대와 저 아이들이 시험지를 바꾸어 공정한 채점을 방해한 것뿐이다. 하지만 그것만으로는 아직 넉넉하지 못하다. 우리 반을 새롭게 만들어나가기 위해서는 먼저 그릇된 지난날부터 정리해야 한다. 내 짐작으로는 그 밖에도 석대가 한 나쁜 짓들이 많이 있을 것이다. 이제 1번부터 차례로 자신이 알고 있는 석대의 잘못이나 석대에게 당한 괴로운 일들을 있는 대로 모두 얘기해 주기 바란다."

이번에도 시작은 부드러운 목소리였다. 그러나 다시 눈을 흡뜨고 쏘아보는 석대의 눈길에 흠칫해진 아이들이 머뭇거리자 그 목소리에는 이내 날이 섰다.

"5학년 때 담임선생님께 작년에 있었던 일을 얘기 들었다. 그분의 말씀으로는 그때 아무도 석대의 잘못을 써 내주지 않아 이 학급에 아무런 문제가 없는 줄 알고 계속해 석대를 믿게 되었다고 하셨다. 오늘 나도 마찬가지다. 너희들이 석대의 딴 잘못들을 알려주지 않는다면 이제 시험지 바꾼 일의 벌은 끝났으니 나머지는 지금까지 지내온 대로 다시 석대에게 맡길 수밖에 없다. 그래도 좋겠나? 1번, 우선 너부터 말해 봐."

그 말은 금세 효과를 냈다. 실은 아이들도 내가 늘 얕봤던 것처럼 맹탕은 아니었다. 다만 서로 힘을 합칠 줄 몰랐을 뿐, 마음속에서 불태우던 분노와 굴욕감은 한참 석대와 맞서고 있을 때의 나와 크게 다르지 않음에 분명했다. 변혁에 대한 열렬한 기대도. 그리하여 이제 문턱까지 이른 변혁이 다시 뒷걸음치려 하자 용기를 짜내 거기 매달렸다.

"석대는 제 연필깎기를 빌려가 돌려주지 않았습니다. 단속 주간이 아닌데도 쇠다마(구슬)를 뺏어가고……."

1번 아이가 그렇게 입을 열자 2번, 3번도 아는 대로 털어 놓기 시작했다. 봇물처럼 쏟아지기 시작한 석대의 비행은 끝 없이 이어졌다. 여자 애들의 치마를 들추게 시켰다든가, 비누 를 바른 손으로 수음을 하게 했다는 따위 성적인 것도 있었 으며, 장삿집 애들은 매주 얼마씩 돈을 바치게 하고 농사짓는 집 아이들에게는 과일이나 곡식을, 대장간 아이에게는 엿으로 바꿀 철물을 가져오게 하는 따위의 경제적인 수탈도 있었다. 돈 100환을 받고 분단장을 시켜준 일이며, 환경 정리를 한다 고 비품 구입비를 거두어 일부를 빼돌린 게 밝혀지고, 그 전 해 한 학기 자신이 직접 나서지 않고도 나를 괴롭힌 과정도 대 강은 드러났다.

그런데 한 가지 묘한 것은 그런 것을 고발하는 아이들의 태 도였다. 처음에는 마지못해 선생님만 쳐다보고 머뭇머뭇 밝히다 가 한 번호 한 번호 뒤로 물릴수록 차츰 목소리가 커지면서 눈 을 번쩍이며 쏘아보는 석대를 향해 말하기 시작했다. 그리고 나중에는 '임마', '새끼' 같은, 전에는 감히 입 끝에 올려보지도 못한 엄청난 욕들을 섞어 선생님에게 고발한다기보다는 석대에게 바로 퍼대는 것이었다.

이윽고 39번 내 차례가 왔다.

"저는 잘 모릅니다."

내가 선생님을 쳐다보고 그렇게 말하자 일순 교실 안이 조용해졌다. 그러나 그것도 잠시, 담임선생님보다 먼저 아이들이 와 하고 내게 덤벼들었다.

"너 정말 몰라?"

"저 새끼, 순 석대 꼬붕이……."

"넌 임마, 쓸개도 없어?"

아이들은 담임선생님만 없으면 그대로 내게 덮칠 듯한 기세로 퍼부어댔다. 나는 그들이 뿜어대는 살기와도 같은 흉맹한 기운에 섬뜩했으나 그대로 버텼다.

"정말로 모릅니다. 전학 온 지 얼마 안 돼서……."

내가 그들 쪽은 보지도 않고 선생님만 바라보며 그렇게 되뇌자 아이들은 한층 험한 기세로 나를 몰아세웠다. 그때 알 수 없는 눈길로 나를 가만히 살피던 선생님이 그런 아이들을 진정시켰다.

"알겠어. 다음, 40번."

　내가 석대의 비행에 대해 잘 모른다고 한 것은 진심과 오기가 반반 섞인 말이었다. 내가 마지막 서너 달을 석대와 유난히 가깝게 지낸 것은 사실이었지만 그때도 그는 어찌된 셈인지 자신의 치부만은 애써 감추었다. 첫 한 학기 그에게서 받은 피해도 모두 간접적인 것이어서 내게는 증거가 없었으며 또 그 대강은 이미 딴 아이들의 입으로 들추어진 뒤였다. 거기다가 5학년 한 해 학급에서의 내 위치 자체가 구석구석 숨겨진 석대의 비행을 알아내기에는 묘하게 불리했다. 그 한 해의 절반은 내가 석대의 유일한 적대자였기 때문에, 그리고 다른 절반은 내가 그의 한 팔처럼 되었기 때문에 속을 터놓고 지낼 친구들을 얻을 수가 없었고, 그래서 어디엔가 불의가 존재한다는 막연한 느낌뿐, 교실 구석에서 은밀하게 벌어지는 일들을 다른 아이들보다 더 많이 더 잘 알 수는 더욱 없었다.

　오기는 그날 내 앞까지의 아이들이 석대를 고발하는 태도 때문에 생긴 것이었다. 석대의 나쁜 짓을 까발리고 들춰내는 데 가장 열성적이고 공격적인 아이들은 대개 두 부류였다. 하나는 간절히 석대의 총애를 받기 원했으나 이런저런 까닭으로 끝내는 실패한 부류였고, 다른 하나는 그날 아침까지도 석대 곁에 붙어 그 숱한 나쁜 짓에 그의 손발 노릇을 하던 부류였다.

한 인간이 회개하는 데 꼭 긴 세월이 필요한 것은 아니며, 백정도 칼을 버리면 부처가 될 수 있다고도 하지만, 나는 아무래도 느닷없는 그들의 분노와 정의감이 미덥지 않았다. 나는 지금도 갑작스러운 개종자나 극적인 전향 인사는 믿지 못하고 있다. 특히 그들이 남 앞에 나서서 설쳐 대면 설쳐 댈수록. 내가 굳이 석대를 고발하려 들면 꺼리가 전혀 없는 것은 아니었지만, 그날 끝내 입을 다문 것은 아마도 그런 아이들에 대한 반발로 오기가 생긴 때문이었다. 내 눈에는 그 애들이 석대가 쓰러진 걸 보고서야 덤벼들어 등을 밟아대는 교활하고도 비열한 변절자로밖에 비쳐지지 않았다.

마지막 61번 아이가 고발을 끝냈을 때는 어느새 첫째 시간 수업이 끝났음을 알리는 종이 울리고 있었다. 그러나 담임선생님은 그 종소리를 무시하고 우리에게 말했다.

"좋다. 너희들이 용기를 되찾은 걸 선생님은 다행으로 생각한다. 이제 앞으로의 일은 너희 손에 맡겨도 될 것 같아 마음 든든하다. 그렇지만 너희들도 값은 치러야 한다. 첫째로는 너희들의 지난 비겁의 값이고, 둘째로는 앞으로의 삶에 주는 교훈의 값이다. 한 번 잃은 것은 결코 찾기가 쉽지 않다. 이 기회에 너희들이 그걸 배워두지 않으면, 앞으로 또 이런 일이 벌어져도 너희들은 나 같은 선생님만 기다리고 있게 될 것이다. 괴롭고 힘들더라도 스스로 일어나 되찾지 못하고 언제나 남이 찾아주기만을 기다리게 된다."

그렇게 말을 맺은 담임선생님은 청소 도구함 쪽으로 가서 참나무로 된 걸렛대를 하나 빼내 들었다. 그리고 다시 교단 앞에 서더니 나직이 명령했다.

"1번부터 한 사람씩 차례로 나와."

그날 우리 모두에게 돌아온 매는 한 사람 앞에 다섯 대씩이었다. 앞의 아이들을 때릴 때와 다름없이 모진 매질이어서 교실은 또 한 번 울음바다를 이루었다.

"자, 이제 선생님이 너희들을 위해 해줄 수 있는 일은 다 끝났다. 모두 제자리로 돌아가라. 엄석대도. 그리고 이제부터는 너희들끼리 의논해서 다른 그 어떤 반보다 훌륭한 반을 만들어 봐라. 너희들은 이미 회의 진행 방법도 배웠고 의사를 결정 짓는 과정과 투표에 대해서도 알 것이다. 지금부터 나는 그냥 곁에 앉아 지켜보기만 하겠다."

매질을 끝낸 선생님은 갑자기 지친다는 표정으로 그렇게 말하고 교실 한구석에 있는 교사용 의자에 가 앉았다. 손수건을 꺼내 이마에 흐르는 땀을 닦는 것만 보아도 우리가 당한 매질이 얼마나 호된 것이었는가를 잘 알 수 있었다.

그곳 아이들은 학급자치회의 운영 방식을 전혀 모르거나 까맣게 잊어버린 걸로 알았는데 막상 기회가 주어지니 그렇지도 않았다. 분위기가 약간 어색하고 행동들이 서툴기는 해도 그런대로 서울 아이들 흉내는 낼 줄 알았다. 쭈뼛거리며 말을 더듬는 것도 잠시, 아이들은 이내 자신을 회복해 동의하고 재청하고 찬성하고 투표했다. 그래서 결정된 게 먼저 임시 의장단을 구성하고 그들의 선거 관리 아래 자치회 의장단이자 학급의 임원직을 새로 뽑는다는 것이었다.

제
3
부

───

10

　해명이 좀 늦은 듯한 감이 있지만, 어떻게 보면 아무래도 혁명적이 못 되는 석대의 몰락을 내가 굳이 혁명이라고 표현한 것은 실로 그 때문이었다. 비록 구체제에 해당되는 석대의 질서를 무너뜨린 힘과 의지는 담임선생님에게 빚졌어도, 새로운 제도와 질서를 건설한 것은 틀림없이 우리들 자신의 힘과 의지였다. 거기다가 되도록이면 그날의 일을 우리들의 자발적인 의지와 스스로의 역량에 의해 쟁취된 것으로 기억되게 하려고 애쓰신 담임선생님의 심지 깊은 배려를 존중하여, 나는 이런저런 구차한 수식어를 더해 가면서까지도 굳이 혁명이란

125
· · ·
제3부

말을 써왔다.

임시 의장은 부급장이던 김문세가 거수 표결로 뽑혔고, 김문세의 재청에 의해 검표 및 기록을 맡을 임시 의장단이 번거로운 선거 없이 무더기로 선출되었다. 다섯 번이나 선거하는 대신 일정한 숫자로 끝나는 번호를 가진 아이들에게 그 일을 맡기자는 임시 의장단의 의견을 아이들이 받아들여 번호의 끝자리 숫자가 5인 다섯 명을 역시 거수 표결로 한꺼번에 결정한 결과였다.

뒤이어 두 시간에 걸친 선거가 실시되었다. 전에는 급장, 부급장, 총무만 선거로 뽑혔으나 이번에는 자치회의 부장들과 학급의 분단장까지 선거로 뽑게 되었다. 그 뒤 한동안 우리 반을 혼란스럽게 했던 선거 만능 풍조의 시작이었다.

그런데 급장 선거의 개표가 거의 끝나갈 무렵이었다. 추천제도 없이 바로 하게 된 선거라 반 아이 절반쯤의 이름이 흑판 위에 도토리 키재기를 하고 있는데, 갑자기 거세게 교실 뒷문이 열리는 소리가 들렸다. 모두 흑판 위에서 불어가는 正자에 정신이 팔려 있다가 놀라 돌아보니 엄석대가 그 문을 나가다 말고 우리를 무섭게 흘겨보며 소리쳤다.

"잘해 봐, 이 새끼들아."

그리고 잽싸게 복도로 뛰어나가 교사 밖으로 달아나버렸다. 우리들이 하는 양을 살피느라 잠깐 엄석대를 잊고 있던 담임선생님이 급하게 그의 이름을 부르며 뒤쫓아 나갔으나 끝내 붙잡지 못했다.

그 갑작스러운 일에 아이들은 잠깐 흠칫했지만 개표는 다시 계속돼 곧 결과가 나왔다. 김문세가 16표, 박원하가 13표, 황영수가 11표, 그리고 5표, 4표, 3표 하나씩에 한 표짜리가 대여섯 나오더니 무효표 둘로 반 전체 61표가 찼다.

석대의 표는 단 하나도 없었다. 아마도 석대는 그런 굴욕적인 개표 결과가 확정되는 걸 참고 기다리지 못해 뛰쳐나갔을 것이다. 그러나 뛰쳐나간 것은 그 굴욕의 순간으로부터만은 아니었다. 그 뒤 그는 영영 학교와 우리들에게로는 돌아오지 않았다.

그런데 부끄럽지만, 여기서 한 가지 밝혀두고 싶은 것은 그 무효표 두 표의 내역이다. 한 표는 틀림없이 석대 자신의 것이었고 다른 한 표는 바로 내 것이었다. 그러나 그걸 곧 여러 혁명에서 보이는 반동과 동질로 볼 수 없는 것이, 나는 이미 무너져내린 석대의 질서에 연연해하거나 그 힘에 향수를 품고 그런 것은 아니었다. 그때는 이미 담임선생님이 은연중에 볼 지

핀 그 혁명의 열기가 내게도 서서히 번져와 나도 새로 건설될 우리 반에 다른 아이들 못지않은 기대를 가지게 되었다.

하지만 막상 그 우리 반을 이끌 지도자를 선택해야 될 순간이 되자 나는 갑자기 난감해졌다. 공부에서건 싸움에서건 또 다른 재능에서건 남보다 나은 아이치고 석대가 받을 비난에서 자유로울 수 있는 아이는 아무도 없었다. 오히려 대리 시험으로 석대가 그전 담임선생님의 믿음과 총애를 훔치는 걸 돕거나 석대의 보이지 않는 손발이 되어 그의 불의한 질서가 가차없이 우리 반을 위압하게 만들어준 것은 바로 그들이었다. 내가 혼자서 그렇게 힘겹게 석대에게 저항하고 있을 때 가장 나를 괴롭게 한 것도 그들이었고, 갑작스러운 반전으로 내가 석대의 가장 가까운 측근이 되었을 때 가장 많이 부러워하거나 시기한 것도 그들이었다.

그렇다고 6학년이면서도 아직 구구단도 제대로 외지 못하는 돌대가리나 싸움도 하기 전에 눈물부터 보여 앞줄의 꼬맹이들에게까지 업신여김을 당하는 허풍선이를 급장으로 세울 수도 없었다. 그 아침까지도 석대가 보장해 주는 특전에 만족해 있던 나 자신을 내세울 수는 더욱 없고 그래서 정직하게 던진 표가 무효를 가장한 기권표였다. 변혁을 선뜻 낙관하지 못하는 내 불행한 허무주의는 어쩌면 그때부터 싹튼 것이나 아닌지 모르겠다.

하지만 내 기분이야 어쩌됐건 그날의 선거는 모두가 순조롭게 진행되었고 우리는 분단장까지 분단원의 투표로 뽑을 만큼 철저하게 우리 손으로 우리의 대표를 뽑았다. 우리를 규율하는 질서도 많은 부분이 새롭게 개편되었다. 서울에서의 기억이 무색할 만큼 모든 것은 토의와 표결에 붙여졌고, 그 결과 학교와 담임선생님으로부터 오는 것 이외에는 어떠한 강제도 철폐되었다. 석대가 물러난 지 얼마 안 돼 4·19가 있었지만, 그러나 그게 어린 우리에게 어떤 영향을 미쳤다고는 감히 말하지 못하겠다.

물론 혁명에 따르는 혼란과 소모는 우리에게도 있었다. 아니, 그저 단순히 있었다는 것 이상으로, 우리는 그 뒤 몇 개월에 걸쳐 처음과 끝을 온전히 우리의 힘만으로는 달성하지 못한 그 혁명의 값을 안팎으로 호되게 물어야 했다.

교실 안에서 우리에게 가장 많은 혼란과 소모를 강요한 것은 의식의 파행이었다. 선생님의 격려와 근거 없는 승리감에 취한 우리 중의 일부는 지나치게 앞으로 내달았고, 아직도 석대의 질서가 주던 중압에서 깨어나지 못한 아이들은 또 너무 뒤

처져 미적거렸다. 임원직으로 뽑힌 아이들도 마찬가지였다. 어른들의 식으로 표현하면, 한쪽은 너무나 민주의 대의에 충실해 우왕좌왕했고, 또 한쪽은 석대 식의 권위주의를 청산하지 못한 채 은근히 작은 석대를 꿈꾸었다. 거기다가 새로 생긴 건의함은 올바른 국민 탄핵 제도의 기능을 하기보다는 밀고와 모함으로 일주일에 하나씩은 임원들을 갈아치웠다.

학교 밖에서 우리를 괴롭힌 것은 대담하고 잔혹하기 이를 데 없는 석대의 보복이었다. 석대가 떠난 뒤로 한 달 가까이 우리 교실은 매일같이 어딘가 한 모퉁이는 자리가 비었다. 석대가 길목을 막고 있는 동네의 아이들이 결석하기 때문이었는데, 그때 그 아이들이 입게 되는 피해는 하루 결석 정도로 그치지 않았다. 어딘가 후미진 곳으로 끌려가 한나절 배신의 대가를 치렀고, 그렇게까지는 안 돼도 가방이 예리한 칼로 찢기거나 책과 도시락이 든 채 수채 구덩이에 던져졌다.

나중에는 석대를 몰아낸 걸 아이들이 공공연히 후회할 만큼 그 보복은 끈질기고 집요했다.

그렇지만 시간이 흐르면서 안팎의 도전들은 차츰 해결되어 갔다.

먼저 해결된 것은 석대 쪽이었는데, 그 해결을 유도한 담임선생님의 방식은 좀 특이했다. 우리에게는 거의 불가항력적이었건만 어찌된 셈인지 담임선생님은 석대 때문에 결석한 아이들을 그 어느 때보다 호된 매질과 꾸지람으로 다루었다.

"다섯 놈이 하나한테 하루 종일 끌려다녀? 병신 같은 자식들."

"너희들은 두 손 묶어 놓고 있었어? 멍청한 놈들."

그렇게 소리치며 마구잡이 매질을 해댈 때는 마치 사람이 갑자기 변한 것처럼 보였다. 우리는 영문을 몰랐으나 그 효과는 오래잖아 나타났다. 우리 중에서 좀 별나고 당찬 소전거리 아이들 다섯이 마침내 석대와 맞붙은 것이었다. 석대는 전에 없이 표독을 떨었지만 상대편 아이들도 이판사판으로 덤비자 결국은 혼자서 다섯을 당해 내지 못하고 꽁무니를 뺐다. 선생님은 그 아이들에게 그 당시 한창 인기 있던 케네디 대통령의 『용기 있는 사람들』이란 책 한 권씩을 나눠주며 우리 모두가 부러워할 만큼 여럿 앞에서 그들을 추켜세웠다. 그러자 다음 날 미창(米倉) 쪽에서도 똑같은 일이 벌어지고 그 뒤 석대는 두 번 다시 아이들 앞에 나타나지 않았다.

거기 비해 우리 내부에서 일어나는 혼란을 대하는 담임선생님의 태도는 또 앞서와 전혀 달랐다. 잘못된 이해나 엇갈리는 의식 때문에 아무리 교실 안이 시끄럽고 학급의 일이 갈팡질팡해도 담임선생님은 철저하게 모르는 척했다. 토요일 오후 자치회가 끝없는 입씨름으로 서너 시간씩 계속돼도, 급장 부급장이 건의함을 통해 밀고된 대단치 않은 잘못으로 한 달에 한 번씩 갈리는 소동이 나도 언제나 가만히 지켜보고 있을 뿐 충고 한마디 하는 법이 없었다.

그 바람에 우리 학급이 정상으로 돌아가는 데는 거의 한 학기가 다 소비된 뒤였다. 여름방학이 지나자 벌써 서너 달 앞으로 닥친 중학입시가 말깨나 할 만한 아이들의 주의를 온통 그리로 끌어들인 까닭도 있지만, 그보다는 경험의 교훈이 자정 능력을 길러준 덕분이 아닌가 한다. 서로 다투고 따지고 부대끼고 시달리는 그 대여섯 달 동안에 우리는 차츰 스스로가 스스로를 규율한다는 게 어떤 것인가를 배우게 된 듯하다. 하지만 그때껏 그런 우리를 지켜보기만 했던 담임선생님의 깊은 뜻을 이해하는 데는 아직도 훨씬 더 많은 세월이 지나야 했다.

학급생활이 정상으로 돌아감과 아울러 굴절되었던 내 의식도 차츰 원래대로 회복되어갔다. 다시 어른들 식으로 표현하면, 새로운 급장 선거에서 기권표를 던질 때만 해도 머뭇거리던 내 시민 의식은 오래잖아 자신과 희망을 가지게 되고 자유

우리들의 일그러진 영웅

와 합리에 대한 예전의 믿음도 이윽고는 되살아났다. 가끔씩
― 이를테면 내가 듣기에는 더할 나위 없는 의견 같은데도 공
연히 떠드는 게 좋아 씨알도 먹히지 않는 따지기로 회의만 끝
없이 늘여놓는 아이들을 볼 때나, 다 같이 힘을 합쳐야 할 작
업에 요리조리 빠져나가 우리 반이 딴 반에 뒤지게 만드는 아
이들을 보게 될 때와 같은 때 ― 석대의 질서가 가졌던 편의와
효용성을 떠올린 적이 있었지만 그것도 금지돼 있기에 더 커지
는 유혹 같은 것에 지나지 않았다.

석대는 미창 쪽 아이들과의 싸움이 있고 난 뒤 우리들뿐만
아니라 그 작은 읍에서도 사라져버렸다. 얼마 후 들리는 소문
으로는 서울에 있는 어머니를 찾아갔다고 했다. 상이군인으로
돌아온 남편이 일찍 죽자 어린 석대를 할머니 할아버지에게 떼
어놓고 개가해 버렸다던 그의 어머니였다.

11

그 뒤 내 삶도 숨 가빴다. 학교와 부모의 성화 속에 남은 학기를 어떻게 보냈는지조차 모르게 입시공부에 허덕이며 보낸 덕으로 나는 겨우 괜찮은 중학에 들어갈 수 있었고, 그때를 시작으로 경쟁과 시험 속에 십 년이 흘러갔다. 따라서 한동안은 제법 생생했던 석대의 기억은 차차 희미해지고, 힘들게 힘들게 일류 고등학교와 일류 대학을 거쳐 사회에 나왔을 때는 짧은 악몽 속에서나 퍼뜩 나타났다 사라지는 의미 없는 환영에 지나지 않게 되어 있었다. 하지만 내가 석대를 잊게 된 것은 반드시 내 삶이 숨 가쁘고 힘겨웠기 때문만은 아니었다. 그보다는 그동안의 내 환경에 그 시절을 상기시킬 요소가 거의 없었다. 일류와 일류, 모범생과 모범생의 집단을 거쳐 자라가는 동안 나는 두 번 다시 그 같은 억눌림 또는 가치 박탈의 체험을 안 해도 좋았기 때문이었다. 재능과 노력, 특히 정신적인 능력과 학문에 대한 천착의 깊이로 모든 서열이 정해지고 자율과 합리에 지배되는 곳들만을 지나와, 그때까지도 석대는 여전히 부정(否定)의 이미지에 묻혀 있을 수밖에 없었다.

그러다가 ― 석대가 다시 내 의식 표면으로 떠오르기 시작한 것은 군대를 거쳐 사회에 나온 내가 한 십 년 가까이 생활의 진창에 짓이겨진 뒤였다. 처음 일류 학교 출신답게 대기업에 들어갔던 나는 이태 만에 모래 위에 세운 궁궐같이만 느껴지는 그곳을 떠나 고급 세일즈로 재출발했다. 근무하기에 자유롭지도 않고 경영이 합리적이지도 않으며 성장 과정조차 정의롭지 못한 집단 속에서 젊음과 재능을 낭비하고 싶지 않아서였다. 나는 머지않아 닥쳐올 세일즈맨의 시대를 꿈꾸며 삼년 가까이 이 나라의 대기업들이 만든 갖가지 허위와 과대 선전에 찬 상품들을 열심히 팔았다. 약품과 보험과 자동차의 상품 카탈로그를 한 가방 넣어 뛰어다니는 사이에 이 나라의 70년대 후반과 내 청춘의 끄트머리가 함께 지나갔다. 그리하여 결국 이 나라의 세일즈맨은 그 자체가 한 고객에 지나지 않거나, 기껏해야 내구연한이 이 년을 넘지 않는 대기업의 일회용 소모품에 지나지 않음을 깨달았을 때는 벌써 삼십 대도 중반으로 접어든 헙수룩한 가장이 되어 있었다.

나는 그제서야 놀라 주위를 돌아보았다. 모래 위의 궁궐같이만 느껴지던 대기업은 점점 번창하기만 했고, 거기 남아 있던 옛 동료들은 계장으로 과장으로 올라가 반짝반짝 윤기가 돌았다. 어떤 동창은 부동산에 손을 대 벌써 건물 임대료만으로 골프장을 드나들고 있었고, 오퍼상인가 뭔가 하는 구멍가게를 열었던 친구는 용도도 가늠 안 가는 어떤 상품으로 떼돈을 움켜 거들먹거렸다. 군인이 된 줄 알았던 동창이 난데없이 중앙부처의 괜찮은 직급에 앉아 있었으며, 재수마저 실패해 자비유학으로 낙착을 보았던 녀석은 어물쩍 미국박사가 되어 돌아와 제법 교수 티를 냈다.

나는 급했다. 그때 이미 내 관심은 그런 성공의 마뜩치 못한 과정이나 그걸 가능하게 한 사회 구조가 아니라 그들이 누리고 있는 그 과일 쪽이었다. 한마디로 말해, 나도 어서 빨리 그들의 풍성한 식탁 모퉁이에 끼어들고 싶었다. 그러나 그 급함이 나를 한층 더 질퍽한 생활의 진창에다 패댕이를 쳤다. 겨우 겨우 마련한 열아홉 평 아파트 팔고 이 돈 저 돈 마구잡이로 끌어대 벌인 어떤 수상쩍은 벤처 사업의 대리점은, 잘 수습됐다는 게 나를 두 칸 전세방에 들어앉은 실업자로 만들어버리는 것으로 끝났다.

실업자가 되어 한 발 물러서서 보니 세상이 한층 잘 보였다. 내가 갑자기 낯선, 이상한 곳으로 전학 온 듯한 느낌을 가지게 된 것은 그 무렵이었다. 그전 학교에서의 성적이나 거기서 빛났던 내 자랑들은 아무런 소용이 없는, 그들만의 질서로 다스려지는 어떤 가혹한 왕국에 내던져진 느낌. — 거기서 엄석대는 아득한 과거로부터 되살아나왔다.

이런 세상이라면 석대는 어디선가 틀림없이 다시 급장이 되었을 것이다. — 나는 그렇게 단정했다. 공부의 석차도 싸움의 순위도 그의 조작에 따라 결정되고, 가짐도 누림도 그의 의사에 따라 분배되는 어떤 반, 때로 나는 운 좋게 그 반을 찾아내 옛날처럼 석대 곁에서 모든 걸 함께 누리는 꿈을 꾸다가 서운함 속에 깨어나기까지 했다.

다행히도 실제 세상은 그때의 우리 반과 꼭 같지는 않아 그래도 내가 나온 일류 대학과 거기서 닦은 지식을 써주는 곳이 아직은 더러 남아 있었다. 그중에 내가 하나 찾아낸 곳이 사설

학원이었다. 그곳도 꼭 옛날의 성적대로 되는 것은 아니고 뒤늦게 출발한 강사 생활이라 적응에 고생은 좀 됐지만, 어쨌든 나는 거기서 다시 아내와 아이들을 보살필 만한 수입은 벌어들일 수 있었다. 그리고 몇 달 지나지 않아서는 제법 내 집 마련의 꿈까지 키울 수 있을 만큼 살이는 펴졌다. 하지만 석대에 대한 나의 그런 단정은 조금도 변하지 않았다.

이따금씩 만나는 국민학교 동창들도 심심찮게 그런 내 단정을 뒷받침해 주었다.

"엄석대 그 친구, 역시 물건이더만. 그라나다 뒷자석에 턱 제끼고 앉아 가는 걸 봤지."

"고향에 갔다가 엄석대 개 때문에 기분 콱 잡쳤어. 고향 친구들 불러 술 한 잔 하는데 온통 개 얘기뿐이더군. 무얼 하는지 젊은 녀석 둘을 달고 와 중앙통을 돈으로 휩쓸고 간 모양이야."

녀석들은 감탄조로 그렇게 말했지만, 나는 오히려 그들이 석대를 일부러 왜소하게 만들고 있는 듯한 느낌까지 들었다.

우리들의 석대는 그렇게 작아서는 안 되었다. 그렇게 속된 성공으로 그쳐서는 이미 실패의 예감이 짙은 내 삶을 해명할 길이 없어지고 만다. 또 우리들의 석대는 그렇게 쉽게 그의 힘과 성공이 눈에 띄어서도 안 되었다. 보다 은밀하고 깊은 곳에 숨어 지금의 이 반을 주물러대고 있어야 했고, 그래서 내가 자유와 합리의 기억을 포기하기만 하면 다시 그의 곁에 불러 앉혀주어야 했다. 내 재능의 일부만 바치면 그는 전처럼 거의 모든 것을 내게 줄 수 있어야 했다.

그런데…… 끝내는 나도 그를 만나고 말았다. 바로 지난여름의 일이었다. 입시반 때문에 겨우 사흘 얻은 휴가로 나는 아내와 아이들을 데리고 강릉으로 갔다. 딴에는 마음먹고 나선 피서 길이라 굳이 돈을 아끼려는 것은 아니었으나 마침 새마을 표가 매진돼 어쩔 수 없이 타게 된 우등칸은 고생스럽기 그지없었다. 따로 좌석을 사기에는 아직 어려서 하나씩 데리고 앉은 아이들이 칭얼대는 데다 통로는 입석객이 들어차 에어컨도 제구실을 못했기 때문이었다. 그래서 강릉에 도착하기 바쁘게 기차를 빠져나와 출구 쪽으로 가는데, 문득 등 뒤에서 귀에 익은 외침 소리가 들려왔다.

"냐, 이거 못 냐?"

무심코 소리 나는 쪽을 돌아보니 대여섯 발자국 뒤에서 사복형사인 듯싶은 두 사람에게 양팔을 잡힌 어떤 건장한 젊은 남자가 그들을 뿌리치려고 애쓰며 지르는 고함이었다. 미색 정장에 엷은 갈색 넥타이를 점잖게 받쳐 맸으나 왼쪽 소매는 그실랑이로 벌써 뜯겨져 있었다. 나는 그런 그의 선글라스 낀 얼굴이 이상하게 눈에 익어 나도 모르게 발걸음을 멈추었다.

"튀어 봤자 벼룩이야. 역 구내에 쫙 깔렸어!"

형사 한 사람이 차갑게 내뱉으며 허리춤에서 반짝반짝하는 수갑을 꺼냈다. 그걸 보자 붙잡힌 남자는 더욱 거세게 몸부림쳤다.

"이 새끼가 아직도 정신 못 차려?"

보다 못한 다른 형사가 그렇게 쏘아붙이며 한 손을 빼 그 남자의 입가를 쳤다. 그 충격에 선글라스가 벗겨져 날아갔다. 그러자 비로소 온전히 드러난 그 남자의 얼굴, 아 그것은 놀랍게도 엄석대였다. 삼십 년 가까운 세월이 지나갔건만 한눈에 알아볼 수 있는 그 우뚝한 콧날, 억세 뵈는 턱, 그리고 번쩍이는 눈길…….

나는 못 볼 것을 본 사람처럼 질끈 두 눈을 감았다. 그런 내 눈앞에 교탁 위에서 팔을 들고 꿇어앉아 있던 이십육 년 전 그날의 석대가 떠올랐다. 몰락한 영웅의 비장미도 뭐도 없는 초라하고 무력한 우리들 중의 하나가.

"여보, 당신 왜 그러세요?"

영문도 모르고 내 곁에 붙어 섰던 아내가 가만히 옷깃을 당기며 걱정스레 물었다. 나는 그제서야 눈을 뜨고 다시 석대 쪽을 보았다. 그사이 수갑을 받은 석대는 두 손으로 피 묻은 입가를 씻으며 비척비척 끌려가고 있었다. 내 곁을 지날 때 힐끗 나를 곁눈질했지만 조금도 나를 알아보는 것 같지는 않았다…….

— 그날 밤 나는 잠든 아내와 아이들 곁에서 늦도록 술잔을 비웠다. 나중에는 눈물까지 두어 방울 떨군 것 같은데, 그러나 그게 나를 위한 것이었는지 그를 위한 것이었는지, 또 세계와 인생에 대한 안도에서였는지 새로운 비관에서였는지는 지금에 조차 뚜렷하지 않다.

작가 후기

『우리들의 일그러진 영웅』의
또 다른 결말들

    내 중편소설『우리들의 일그러진 영웅』이 세상으로 나간 지
도 벌써 이십 년이 다 돼 간다. 그동안 찬사도 많이 받았고 시
비도 많이 걸렸지만, 또한 가장 널리 알려진 작품이기도 하다.
국내 판매부수도 여러 판본을 합치면 이백만은 넘을 것이고,
외국어로도 여남은 나라에 번역·출간되어 호평을 들었다. 하
지만 여기서 새삼 장황한 후기를 붙이는 것은 그와 같은 이 책
의 이력을 들먹여 새로운 독자의 관심을 끌기 위해서는 아니
다. 그보다는 그동안 이런저런 모임이나 강연 때 이 작품에 대

해 하도 자주 똑같은 질문을 되풀이 들은 것이 있어, 이 기회에 일찌감치 답해 놓고 싶어서이다.

『우리들의 일그러진 영웅』에 대해 독자들로부터 가장 자주 받는 질문은 작가의 체험과 작품 내용 또는 소재와의 관계이다. 그 작가의 체험이란 것이 직접 경험을 가리키는 것이라면, 작품 내용과 나의 체험 사이에는 아무런 관련이 없다. 내가 다닌 초등학교의 5·6학년 학급은 아주 모범적인 학급이었고, 또 특이할 만큼 모든 것이 학습 성적으로 서열 지워졌다. 아이 때에 있음직한 싸움도 있었고, 그때는 신체적인 힘이 승패를 가름했지만, 그 승패가 권력 구조로 변하는 일은 결코 없었다.

말이 난 김에 밝히자면 『우리들의 일그러진 영웅』은 철저하게 우화적인 구도를 가진 소품이다. 거기서 엄석대가 보여주는 행태의 원 관념은 정당성과 정통성이 없는 권력이고, 그를 둘러싼 분단장 급의 상위 그룹은 지식인 출신의 관료 내지 행정기술자들이다. 첫 번째 담임선생은 미국이며, 그가 보여주고 있는 것은 레이먼드 보너(Raymond Bonner)가 '독재자와의 왈츠'라 이름 붙인 미국의 6, 70년대 외교 정책이다. 또 두 번째 담임선생은 경직되고 권위주의적인 이념이며, 그가 아이들의 의식을 일깨워주는 방법은 그 폭력성에 다름 아니다.

따라서 『우리들의 일그러진 영웅』은 1980년대 중반의 한국 사회를 초등학교 교실을 빌려 우의적으로 형상화한 것일 뿐, 작가의 체험과는 직접적인 관련이 없다.

두 번째로 『우리들의 일그러진 영웅』과 관련돼 자주 받는 질문은 작품의 결말에 담긴 작가의 의도이다. 많은 사람들은 엄석대가 수갑을 차는 것을 일견 낡아빠진 권선징악의 결말로 보아 못마땅해하고, 영화감독은 아예 결말을 원작과 반대로 바꾸어버렸다. 하기야 이 부분에 대해서는 나도 고심이 없었던 것은 아니다. 현실 세계에서는 악당이 더욱 번성하는 수가 많고, 현대 소설에서는 그것이 리얼리티란 이름으로 존중되어왔다. 그러나 나는 오히려 그 뻔한 리얼리티가 싫었고, 그 무렵의 유행이던 '어둠과 악의 승리'라는 결말에 식상해 있었다. 악당은 수갑을 차라. ─ 그런 단순하고도 정직한 느낌으로 지금 발표된 것과 같은 결말을 선택했다.

하지만 실은 그때 나는 『우리들의 일그러진 영웅』의 결말로 세 가지 다른 내용을 준비해 놓고 있었다. 배우는 이들에게 참고가 될까 하여, 옛날 초고 더미에서 그때 쓰지 않았던 결말 하나를 찾아내 소개한다. 그 결말은 원작 끝 무렵 "그런데…… 끝내는 나도 그를 만나고 말았다. 바로 지난여름의 일이었다. (중략) …… 통로는 입석객이 들어차 에어컨도 제 구실을 못했기 때문이었다."(p.139)에 이어진다.

강릉역에 내려서도 마찬가지였다. 모닥불을 끼얹는 듯한 한낮 더위 속에 택시 승강장으로 나가니 우리 같은 피서객으로 이루어진 줄이 구불구불 끝없이 이어져 있었다. 이제는 완연히 징징거리는 아이들을 데리고 그 줄 끝에 붙어 섰지만, 서울 집을 나설 때의 흥겨움은 깨끗이 가셔버리고 없었다. 거기다가 줄 뒤쪽에서 들려오는 말소리가 더욱 사람을 맥 빠지게 했다.

"뭐, 이 불같은 피서 철에 호텔 예약도 없이 왔다고? 모텔이 아니라 장(莊)급 여관도 구하기 어려울걸."

"아서라. 아예 일찌감치 민박이나 알아봐라. 그것도 해변에서 한참 떨어진 곳에. 아니면 이제라도 텐트를 구하던가."

서울에서 따로 출발했으나 강릉에 와서 만나게 된 듯한 아는 사람들끼리 주고받는 소리가 미처 내 생각이 미치지 못한 곳을 일깨워주었다. 예약은커녕 묵을 방을 걱정조차 해본 적이 없으니, 이건 피서가 아니라 작정하고 고생길에 들어선 것이로구나…….

그때 멀지 않은 곳에서 자동차 클랙슨 소리가 울렸다. 한 번이 아니라 거듭 울리기에 그쪽을 돌아보았더니 멀지 않은 곳에서 검고 번쩍거리는 외제 승용차 한 대가 서 있었다. 색유리가 너무 짙어 차 안을 볼 길이 없었으나 나와는 인연이 있을 것 같지 않은 자가용 승용차였다. 그래서 고개를 돌리는데 다시 클랙슨 소리와 함께 우리가 선 줄 곁으로 다가온 그 차에서 누가 내렸다. 밝은색 여름 정장에 선글라스를 낀 풍채 좋은 사내였는데, 그가 내 곁으로 다가와 선글라스를 벗으며 물었다.

"너 한병태지?"

"예. 그런데 누구신지……?"

어딘가 낯익은 사내의 얼굴을 바라보며 묻던 내가 갑자기 굳어오는 혀로 말을 바꾸었다.

"너, 너. 엄석대……?"

"그래도 알아보기는 하는구나. 어쨌든 어서 타. 제수 씨와 아이들이 저렇게 땀을 흘리잖나?"

석대가 그러면서 차 뒷문을 열고 아내와 아이들에게도 타라는 시늉을 했다. 아내와 아이들이 영문을 몰라 머뭇거리자 석대가 사람 좋아 뵈는 웃음과 함께 말했다.

"제수 씨. 병태가 말하지 않던가요? 엄석댑니다. 얘들아 어서 타라. 아빠 옛 친구다."

그리고 자신은 앞좌석으로 옮겨 앉았다. 더위 속에 징징거리던 아이들이 서늘한 차 안 공기의 유혹에 못 이겨 차에 오르고 이어 아내가 한시름 놓았다는 듯 아이들 뒤를 따랐다. 나도 얼결에 아내를 따라 뒷좌석에 앉았다. 차 안이 넓은 데다 에어컨 성능이 좋아서인지 이내 땀이 멎고, 그와 함께 아이들의 징징거림은 즐거운 재잘거림으로 변해 갔다.

"방은 어디다 잡았어?"

석대가 뒤도 돌아보지 않은 채 물었다. 내가 공연히 죄지은 사람처럼 움츠러든 목소리로 더듬거렸다.

"실은 그게…… 이럴 줄 모르고…… 어디 민박이라도 알아봐야지."

그러자 석대가 운전기사에게 짧게 명령했다.

"어이, 경포 관광호텔로."

"거긴 예약이 없으면 어렵다던데……."

내가 그렇게 걱정했으나 석대는 여전히 대꾸조차 않았다. 그러다가 호텔 정문 앞에 차가 서서야 한마디 했다.

"아이들하고 짐 챙겨 천천히 들어와."

그러고는 앞서 호텔 로비로 걸어 들어갔다. 내가 아내와 함께 뒷좌석에 함부로 처박았던 짐을 꺼내 챙겨들었을 때, 아이들은 이미 호텔 안으로 뛰어 들어가고 없었다.

로비 의자에 아내와 짐을 남겨두고 데스크로 가니 석대가 벌써 방 열쇠를 넘겨받고 있었다. 데스크 일을 보고 있던 종업원들의 얼굴이 묘하게 굳어 있었으나, 열쇠를 내주는 지배인은 상냥하고 공손하기만 했다.

"가서 짐 풀어 놓고 아이들과 바닷가로 나가 봐. 나는 저녁 때 다시 오지. 일곱 시쯤에. 모두 저녁이나 함께하고…… 그 다음에 우리 둘이 술도 한 잔 하자고."

석대가 내게 방 열쇠를 넘겨주며 그렇게 말했다. 그러고는 내 대답도 듣지 않고 성큼성큼 밖으로 나갔다.

무심코 열쇠 뭉치에 표시된 호실을 찾아가 보니 방은 뜻밖에도 바다 쪽으로 창이 난 스위트룸이었다. 킹사이즈 침대가 둘 놓인 침실 외에 제법 잘 꾸며진 거실이 하나 더 있었다. 창밖으로 끝없이 펼쳐진 바다를 보고 탄성을 질러대는 아이들을 보며 복잡한 심사를 정리하고 있는데, 아내가 제법 감동한 눈치로 다가와 말했다.

"왜 엄석대란 친구 얘기는 하지 않았어요? 보니 대단한 분 같은데……"

그 말에 나도 별로 싫지 않은 기분이 되어 받았다.

"응. 초등학교 때 친구야. 졸업 뒤로는 한 번도 만나지 못한 친구라서. 그래도 저는 날 늘 생각하고 있었던 모양이지."

하지만 그 이상으로 석대 얘기를 늘어놓고 싶지는 않아 황급히 화제를 바꾸었다.

"뭐 해? 아이들 데리고 바닷가로 나갈 준비 않고? 여기까지 왔으니 해지기 전에 바닷물에 몸 한 번 적셔야 할 거 아냐?"

석대가 그날 다시 호텔로 찾아온 것은 쾌적한 객실 때문에 흥겨운 피서객으로 돌아간 아내와 아이들을 데리고 두어 시간 바닷가에서 해수욕을 즐긴 뒤였다. 석대는 속이 출출해진 우리들을 별이 다섯이나 되는 그 호텔이 기획한 피서철 특별 뷔페로 데려갔다. 그런 고급스럽고도 푸짐한 뷔페를 먹어본 적이 없는 아이들에게는 그냥 저녁식사가 아니라 바로 신나는 잔치였다.

"제수 씨, 그럼 아이들 데리고 먼저 올라가 쉬시죠. 저는 병태하고 한 잔 하고 오겠습니다."

음식 차려둔 곳과 식탁 사이를 연신 오락가락하며 식탐(食貪)을 부리던 아이들이 씩씩거리면서 아이스크림만 핥고 있는 걸 보고 있던 석대가 문득 아내에게 그렇게 말했다. 그리고 내

149
• • •
작가 후기

게는 뒤따라오라는 말도 없이 앞장서 자리를 떴다.

석대가 나를 데려간 곳은 시내 중심가의 룸살롱이었다. 그때껏 내가 가본 강남의 어떤 룸살롱보다도 번듯하고 큰 업소였는데, 미리 연락을 해두었는지 사장이라는 건달 티 나는 사내가 구르듯 나와 석대를 맞았다. 이어 들여보낸 두 명의 호스티스도 눈이 확 떠질 만큼 예뻐 사장이 석대에게 할 수 있는 한 최상의 서비스를 하고 있다는 느낌이 절로 들게 했다.

그러나 내 짐작과 달리 단둘이 되어도 석대는 별말이 없었다.

"나중에 들었다. 그 무효표 둘. 한 표는 틀림없이 너의 것이었겠지. 세월이 지나도 그 귀중한 한 표를 잊을 수 없었다."

처음 술잔을 나눌 때 그 한마디를 하고는 아가씨들이 자리를 끌고 가는 대로 맡겨두었다. 삼십 년이 다 돼 가는 옛일을 어제 그제 있은 별것 아닌 일처럼 말하는 것이 야릇한 감동을 주었으나, 나는 대꾸하기 멋쩍어 술잔을 들어 보이는 것으로 대신했다. 그 바람에 술잔이 빨리 돌기 시작해 자칫 어색할 수도 있는 분위기를 자연스럽게 녹여갔다.

석대가 지나가는 듯한 말투로 나의 근황을 물은 것은 양주한 병이 다 빈 뒤였다. 나는 돌기 시작하는 술기운으로 호기를 부렸지만, 석대는 그리 내세울 게 없는 내 처지를 대강 알고 있는 눈치였다. 고개를 끄덕이며 듣다가 호스티스들이 무슨 일인가로 자리를 뜨자 명함 한 장을 내밀며 당연한 듯 말했다.

"신통찮거든 날 찾아와. 여기도 업체가 있지만, 나도 주력 사업 본사는 서울에 있어. 옛날같이 우리가 손잡고 할 수 있는 일이 있을 거야."

그 말에 나는 퍼뜩 정신이 들었다. 그러나 되돌아온 아가씨들이 두 번째 양주병을 따 빠르게 돌리면서 나는 다시 흐물흐물 취해 갔다. 이어 가라오케 반주가 들어오고, 술자리는 룸살롱의 일반적인 공식대로 흘러갔다.

하지만 질척함과 흥청거림에 비해 그날 밤의 술자리는 오래가지 않았다. 밤 열한 시가 되기도 전에 석대가 가만히 시계를 보더니 말했다.

"오늘은 이만 자리를 끝내야겠어. 못다 푼 회포는 다음에 서울서 만나 풀기로 하고, 열한 시에는 일어서지. 제수 씨와 아이들이 기다리지 않나."

그러더니 정말로 열한 시가 되자 칼로 자르듯 자리에서 일어났다. 마치 우리가 서울에서 다시 만나기로 굳게 약속이나 한 듯한 말투에 공연히 섬뜩했으나, 실로 알 수 없는 것은 그

다음에 내가 한 일이었다. 튕기듯 자리에서 일어나 석대를 앞질러 간 나는 이미 오래전부터 그를 모셔온 사람처럼 공손히 문을 열고 그를 기다렸다.

석대가 또다시 화려하게 성공했는지 아니면 비참하게 몰락했는지 짐작하기 어렵게 되어 있는 결말도 하나 있었는데, 그것은 아무래도 찾을 길이 없다. 각자가 상상력으로 구성해 보는 것도 재미있는 일이 될 것이다. 『우리들의 일그러진 영웅』을 영화로 만든 박종원 감독이 담임선생님의 후일담을 내가 구상해 본 석대의 후일담 세 번째 결말과 비슷하게 만들어낸 적이 있다.

2005년 9월
이문열

들소

…… 햇빛이 부드럽게 내리쬐는 동굴 어귀의 공터였다. 성년의 남자들은 모두 사냥을 떠나고 여인들도 젊고 힘 있는 축은 대개 야생의 열매나 낟알을 거두러 나가고 없었다. 보이는 것은 늙은이와 아이들 그리고 몇몇 특별히 남겨진 여인들뿐이었다.

　여인들은 저마다 맡은 일에 분주하였다. 먹고 남은 고기로 포를 떠 말리고 있는 여인, 털가죽을 손질해 식구들의 입성을 준비하는 여인, 훑어온 강아지풀이나 돌피 같은 야생의 낟알을 널어 말리고 있는가 하면 결을 삭이기 위해 동자꽃, 지네

보리, 애기똥풀, 미나리아재비 같은 거친 푸성귀를 다듬는 여인들도 있었다. 그녀들 주위에는 작은 계집아이들이 언젠가는 자기들의 일이 될 그런 일들을 눈여겨 살피며 맴돌고 있었다.

사내아이들은 대부분 공터 쪽으로 나와 있었다. 아직 어린 아이들은 주위에 옹기종기 둘러앉아 젊은 시절의 무용담이나 혈족(血族)의 신화에 귀 기울이며 용기와 뱃심을 길렀다. 그러나 곧 성년식을 맞을 나이 든 소년들은 따로이 숲 가까운 공터에서 닥쳐올 성년을 대비하고 있었다. 벼락에 부러진 나무 그루터기를 향해 열심히 작은 돌도끼를 던지는가 하면 아버지들이 만들어준 단순궁(單純弓)에다 촉 없는 살을 메겨 여러 가지 사법(射法)을 익히고 있었고, 날 없는 주목나무의 창을 휘두르며 숲길을 달리기도 했다. 팔과 허리에 힘을 올리기 위해 묶어둔 산양의 뿔을 잡고 씨근댔고, 둘씩 맞붙어 풀밭을 뒹구는 소년들도 있었다.

그도 나이로는 바로 그 성년 연습을 하고 있는 아이들 축이었다. 그러나 그는 언제부터인가 그들로부터 떨어져 나와 숲가 상수리나무 아래 홀로 앉아 있었다. 그는 날카로운 석영(石英) 조각을 끌 삼아 사슴의 견갑골(肩胛骨)에 여러 가지 풀꽃들을 새기는 중이었다. 그러면서도 가끔씩 그의 열렬한 눈길은 동굴 어귀에 머물렀다. 직접 여인들의 일을 거들고 있는 좀 나이든 소녀들 쪽이었다.

그러나 찾고 있는 '초원의 꽃'은 한 번도 그에게 눈길을 주지 않았다. 정작 그녀가 가끔씩 미소하며 바라보는 곳은 용케 목표를 명중시켜 환호를 지르거나 풀밭을 달리는 소년들 쪽이었다. 대신 그가 번번이 마주치게 되는 것은 '산나리'의 공허한 눈길이었다. 멀리서도 그녀는 분명 그가 하고 있는 일에 관심을 가지고 있었다. 오늘 밤 함께 모이게 되면 그녀는 또 내가 애써 새긴 이 뼛조각을 졸라댈 테지. 그러자 그는 괜히 부아가 나고 초조해졌다. '초원의 꽃' 나를 봐 줘. 제발 내가 만든 것을 탐내줘. 나는 너를 위해 이 꽃잎들을 새기고 있어······.

그때였다. 갑자기 풀잎 스치는 소리와 함께 누군가가 뒤쪽에서 다가왔다. 언제 왔는지 '위대한 어머니'가 몇 발걸음 뒤에서 그를 내려다보고 서 있었다. 큰아버지들이 그들의 어버이들로부터 불을 나누어 받고 떠나오던 때를 기억하고 있는 유일한 사람, 혈족의 모든 위대한 용사들을 낳고 기른 여인 — 성성한 백발과 골 깊은 주름에도 불구하고 그녀는 언제나 힘차고 당당했다. 아마도 자기의 모든 아들딸과 그 자손들을 둘러보고 오는 길인 듯했다.

"무얼 하고 있니?"

그는 원인 모르게 얼굴을 붉히며 새기고 있던 뼛조각을 등 뒤로 감추었다.

"이리 내봐라."

마지못해 내놓은 뼛조각을 찬찬히 살피던 그녀는 이내 약간 엄격한 표정으로 그를 살폈다.

"왜 다른 아이들과 함께 있지 않지? 도끼던지기나 활쏘기는 재미없더냐?"

그는 더욱 붉어진 얼굴로 고개를 숙였다. 사실은 그도 또래의 형제들과 함께 성년 연습을 시작했었다. 그러나 그의 창과 화살은 번번이 빗나가고, 돌도끼는 중도에서 떨어졌다. 맞잡고 벌이는 씨름에서도 그가 자신 있게 쓰러뜨릴 수 있는 소년은 거의 없었다. 그 모든 것들은 그저 그에게는 귀찮고 힘든 일일 뿐이었다.

"그저께는 왜 네 앞으로 쫓겨오는 산토끼에게 길을 내주었지? 모두들 그러는데 네가 손만 내밀면 붙들 수 있었다면서? 또 일껏 찾은 비둘기알은 왜 다시 풀잎으로 감추어주었니?"

"불쌍하더냐?"

"……."

'위대한 어머니'가 한 말은 모두가 사실이었다. 그도 때때로 또래의 형제들과 작은 사냥을 나섰지만, 막상 꽃사슴의 새끼나 예쁜 산토끼를 만나면 차마 찌르지 못해 놓쳐버리기 일쑤였다. 그 작은 생명의 놀람과 공포가 저항할 수 없는 연민으로 그의 팔을 마비시켜버린 까닭이었다. 그러나 '위대한 어머니'가 묻는 대로 고개를 끄덕일 수는 없는 일이었다. 그것은 조소와 경멸을 자초하는 길이라는 걸 그는 이미 몇 번의 경험으로 터득하고 있었다.

"아들이 서툴러서…… 그만 놓치고 말았습니다. 비둘기알은 어미를 잡기 위해서……."

그러나 '위대한 어머니'의 형형한 눈길은 이미 그의 진실을 꿰뚫고 있었다. 더듬거리는 그의 희고 섬세한 얼굴과 가는 팔다리를 살피는 그녀의 얼굴에 잠시 희미한 연민의 빛이 어리다가 이내 엄격하고 냉담한 표정으로 변했다.

"곧 성년식이 다가온다. 우리 혈족이 가장 존경하는 것은 용감한 전사(戰士)와 날랜 사냥꾼이다. 그런데 너는 그 준비를 게을리하고 있어. 만약 네가 힘과 용기를 인정받지 못하게 되면 너는 '손의 동굴'로 가야 한다."

그것은 그에게는 가장 쓰라린 위협이었다. 그는 또래의 형제들 중 이미 '손의 동굴'로 보내진 둘을 모두 알고 있다. 하나는 태어날 때부터 귀머거리였고, 하나는 어릴 때 뱀에 물려 다리 힘줄이 굳어버린 소년이었다. 거기다가 그는 '손의 동굴' 사람들이 받고 있는 대우도 익히 보아왔다. 그들이 배불리 먹을 수 있는 것은 모든 용사들이 충분히 먹고도 남을 때뿐이었다. 갑자기 불안해진 그는 또래의 형제들이 모여 있던 곳으로 황급히 눈을 돌렸다. 그러나 조금 전까지도 요란스럽게 떠들며 놀던 그들은 하나도 보이지 않았다.

"늦었다. 이미 그 애들은 자기들끼리의 작은 사냥을 떠났다……"

그리고 다시 낭패한 듯한 그의 얼굴을 잠시 살피던 '위대한 어머니'는 이번에는 약간 누그러진 음성으로 말했다.

"내일부터는 결코 그들로부터 떨어져 나오지 마라. 언제나 그들과 함께 행동해라. 그들이 던질 때 너도 던지고 그들이 쏠 때 너도 쏘아라. 그들이 달리면 너도 달리고 그들이 웃으면 너도 웃어라……"

…… 무슨 날일까, 아버지들은 아무도 사냥을 나가지 않고 동굴 앞 공터에서 웅성거리고, 어머니들은 분주하게 동굴을 왕

래했다. 그렇다. 바로 성년식 날이었다. 모태에서 떨어져 첫 울음을 운 후부터 열다섯 번째 맞는 가을의 첫 번째 달이 차는 날이다. 해당되는 또래의 열한 명은 두근거리는 가슴으로 동굴 속에서 기다렸다.

이윽고 모든 준비가 끝났다. 그들 열한 명의 소년들이 설렘 속에 밖으로 인도되어 나왔을 때 혈족의 사람들은 모두 동굴 앞 공터에 배분(配分)순으로 서 있었다. 일찍이 그 힘과 용기로 이름을 떨쳤던 큰아버지들과 아버지들은 왼쪽에 그리고 그 자애와 슬기로 존경받아온 큰어머니들과 어머니들은 오른쪽에, 그 가운데는 성장(盛裝)한 '위대한 어머니'가 그녀의 자랑스런 딸들 — 혈족의 가장 용감하고 날랜 용사들을 생산해낸 어머니들 — 의 부축을 받으며 그들을 기다리고 있었다.

식이 시작됐다. 그들이 가장 먼저 해야 하는 일은 유년의 껍질을 벗는 일이었다. 그들은 장하게 성장한 남성을 자랑하며 지금껏 그것을 둘러싸온 조잡한 토끼털 가리개를 벗어던지고, 그들을 위해 마련된 새 입성을 걸쳤다. 길고 두터운 곰가죽 가리개, 성년임을 상징하는 사슴가죽 조끼, 두터운 들소가죽으로 만든 허리띠를 두르고 질긴 나무껍질을 꼬아 만든 머리띠로 머리칼을 싸맸다. 그리고 다시 염소 힘줄로 된 목걸이끈 —

이제 그들은 자기의 힘과 용기로 그 끈을 채워가야 할 것이었다. 맹수의 이빨이나 발톱으로 가득 찬 목걸이는 용사의 유일한 장식이었다.

그 다음 그들에게 지급된 것은 '손의 동굴'에서 공들여 만들어진 무기들이었다. 참나무 자루에다 날카로운 흑요석(黑曜石)을 들소 힘줄로 묶은 돌도끼, 주목나무에다 수석(燧石) 날을 박은 창, 탄력 강한 나무에 뼈와 가죽을 합성하여 강화한 큰 활과 석영 촉이 박힌 화살 한 줌, 현무암을 갈아 만든 예리한 단도 — 모두 아버지들의 것과 크기와 위력이 똑같은 것들이었다.

그리고 마지막으로 그들이 '신비의 동굴'로 떠나기에 앞서 '위대한 어머니'의 축복이 있었다.

"하늘과 숲의 정기를 받아 맺어지고, 내 살과 피를 갈라 태어난 너희들, 너희는 숲의 전나무처럼 씩씩하고 계곡을 흘러 떨어지는 폭포처럼 힘차거라. 모든 적들은 너희들의 힘과 용기 앞에 무릎 꿇고 모든 기는 것과 나는 것들은 너희 창칼에 피를 쏟으라. 너희는 낳고 기르고 번성하여, 너희 자손은 바닷가의 모래보다 많고 하늘의 별보다 빛나거라……."

그러는 동안 우측의 어머니들은 흐느낌 속에 젖어들었다.

어떤 어머니들은 땅바닥에 주저앉아 통곡하기도 하였다. 성년이 된다는 것은 바로 어머니로부터 영영 떠난다는 뜻이었다. 어머니들은 그 이별을 슬퍼하고 있는 것이었다.

반대로 우측의 아버지들은 증가된 자기들의 힘을 자연과 멀리 보이지 않는 적들에게 시위라도 하듯 우렁찬 함성으로 새로운 용사들을 환영한다는 뜻을 나타냈다. 춤을 추고 귀중한 화살을 함부로 허공에 쏘아대는 이들도 있었다.

'위대한 어머니'의 축복이 끝나자 그들은 곧 '신비의 동굴'로 향했다. 그 동굴은 그들의 주거지로부터 한 개의 숲과 두 개의 계곡을 건너야 하는 석회암 암벽 꼭대기에 있었다. 그들이 아버지들의 인도로 그곳에 이르자 이미 준비하고 있던 두 사람의 사제자(司祭者)는 곧 의식을 시작했다.

'장엄한 목소리'는 새로운 용사들의 탄생을 하늘과 숲의 정령에게 고하는 노래를 부르고 그들의 가호를 비는 기도를 올렸다. 그동안 아버지들은 그의 목소리를 복송(復誦)하며 경건하게 서 있었다. 뒤이어 다시 축복이 있었다. '위대한 어머니'가 빠뜨린 것들, 산록마다 사냥감이 넘치기를, 개울마다 물고기가 가득하기를, 가지마다 열매로 휘어지고 넝쿨마다 산딸기로 덮이기를, 적들에게 공포와 패배를 주고 형제에게는 우애와 신뢰를 주게 되기를.

또 하나의 사제자 '영험한 손'은 그들의 어깨에 적을 위압하고 재액을 막아주는 문신을 넣어주고, 동굴 벽에는 수많은 영양과 사슴, 멧돼지 따위를 그려 넣었다. 그렇게 함으로써 어떤 위대한 힘이 그 짐승들을 위압하고 필경엔 그것들을 쓰러지게 만들리라는 신념의 표시였다.

그 밖에 그들은 그곳에서 일평생 멀리하고 더럽히지 않아야 할 것들과 보호하고 숭배해야 할 것들도 지정받았다.

뒤이어 일 년 중 가장 풍성한 회식이 벌어졌다. 기름진 멧돼지고기며 연한 들소의 허릿살, 살이 오른 물고기와 잘 익은 열매가 나왔다. 그리고 그 끝에는 남자의 뱃심과 용기를 길러준다는 '사제자의 물'이 나왔다. 그 동굴에서만 만들어지는 액체였다.

그날의 마지막이자 가장 중요한 절차인 '이름 얻기'는 해가 하늘 한가운데 왔을 때에야 시작되었다. 그와 다른 열한 명의 소년은 '들소의 계곡' 입구에 배치되었다. 그들은 다른 혈족들과 싸움 중이면 전열의 맨 앞에, 그렇지 않을 때는 맹수사냥의 창잡이로 나서야 했는데, 그해는 들소사냥의 창잡이로 결정된 것이었다. 들소는 한 마리만 해도 온 혈족이 배불리 먹을 수 있는 홀

류한 식량원(食糧源)인 동시에 힘과 용기를 시험하기에 가장 알맞은 맹수였다. 그 날카로운 뿔은 호랑이의 뱃가죽을 찢어 놓고 체중 실린 발굽은 곰의 허리뼈를 분질러 놓았다.

소년들은 흥분과 초조 속에 멀리서 소를 몰아오는 아버지들의 은은한 함성을 듣고 있었다. 이제 잠시 후면 나타날 소들과의 싸움에서 그들은 어디엔가 숨어서 보고 있는 큰아버지들로부터 진정한 용사의 자격과 평생을 따라다닐 새로운 이름을 부여받게 되어 있었다. 지금까지 그들이 지닌 이름은 '달무리'라든가 '붉은 노을', '새벽안개' 따위, 태어날 때의 자연현상과 관계되는 유아(幼兒)의 이름이었다.

그가 맡게 된 곳은 계곡 가운데의 조그만 바위 곁이었다. 그 역시 불안과 설렘으로 방금이라도 소가 뛰어나올 것 같은 전방의 숲을 응시하고 있었다. 그런데 문득 그를 건드리는 소년이 있었다. 눈이 작고 좀체 깜박거리지 않는다고 해서 '뱀눈'이라고 불리는 소년이었는데 힘은 대단하지 않아도 창과 활을 잘 다루고, 무엇보다도 영리하여 곧잘 아버지들을 감탄시켰다.

"너는 저쪽으로 가. 내가 여길 지킬 테니."

'뱀눈'이 말했다. 그는 왠지 '뱀눈'이 섬뜩하고 싫었다.

"무엇 때문에?"

"내가 살펴보니까 여기가 들소의 길목이야. 그런데 너의 엉성한 창질이나 활솜씨로 지켜낼 수 있을 것 같애? 차라리 '붉은 노을' 쪽으로 가봐. 그 애는 힘이 세고 창을 잘 쓰니까 오히려 그 쪽이 안전할 거야."

그는 무언가 '뱀눈'에게 속고 있는 기분이 들었으나, 마땅한 반박이 떠오르지 않아 '붉은 노을' 쪽으로 자리를 옮기고 말았다.

들소는 그로부터 오래잖아 나타났다. 아버지들의 요란한 함성과 나무토막 두들기는 소리에 몰려 뛰쳐나오는 들소를 맨 먼저 발견한 것은 산부리 쪽에 있던 '큰 울음소리'였다.

"소가 온다—."

이렇게 시작된 그의 목소리는 결국 그 들소의 심장이 완전히 멎을 때까지 계속했다.

그도 곧 숲가의 관목 사이를 헤치고 달려오는 들소를 보았다. 처음 그 소는 똑바로 '뱀눈'을 향해서 돌진하는 것 같았다. 그러나 어느새 바위 위에 올라가 똑바로 창을 던질 자세를 취하고 있는 '뱀눈' 바로 곁에서 소는 갑자기 방향을 바꾸었다. 그 순간 그는 비로소 '뱀눈'에게 속았다는 것을 깨달았다. 일견 소는 '뱀눈'을 피해 가는 것처럼 보였지만 실은 '뱀눈'이 올라서 있는 한 길 남짓한 바위를 피해 간 것이었다. 거기다가 소가 방향을 바꿀 때 소의 가장 넓은 옆면이 그대로 '뱀눈'에게 노출되었다. '뱀눈'은 기다렸다는 듯이 그런 소에게 창을 날렸다. 창은 어김없이 소의 질긴 뱃가죽을 뚫고 깊숙이 박혔다. 결국 '뱀눈'은 가장 안전한 곳에서 '맨 먼저 찌른 자'란 명예를 확보한 셈이었다. 더군다나 그 바위는 풀숲에서 드러나 있어 큰아버지들에게는 '뱀눈'의 용기와 힘을 가장 잘 보여줄 수 있는 무대와도 같았다.

그러나 그는 더 이상 그런 것을 한스러워하고 있을 틈이 없었다. 옆구리에 창을 받은 들소는 바로 그를 향해 돌진해 오고 있었던 것이다. 그는 황급히 창을 겨누었다. 그러나 달려오는 들소의 정면은 '뱀눈'이 맞힌 넓은 옆면의 삼분의 일도 안 되었다. 남은 것은 정면대결 뿐이었다. 그는 혼신의 용기로 창을 고쳐 잡았다. 하지만 그는 곧 덮쳐오는 사나운 콧김과 거친 발굽 소리에, 고통과 분노로 불타는 두 눈과 치명적인 일격으로 고양된 생명력이 뿜어내는 엄청난 살기에 그만 압도되고 말았다.

그는 거의 본능적으로 창을 거두고 '붉은 노을' 쪽으로 도망쳤다. 참으로 위험한 순간이었다. 때맞추어 '붉은 노을'이 달려오지 않았던들 그의 가슴은 여지없이 들소의 예리한 뿔에 찢어지고 말았을 것이다. 용감한 '붉은 노을'의 창은 정확히 들소의 심장을 찔렀다. 달려온 기세 때문에 창날은 더욱 깊이 박혔다. 그리고 그 반작용으로 튕겨나간 '붉은 노을'이 도끼를 빼어들고 일어날 때쯤 달려온 '새벽안개'의 창이 다시 가세했다.

잠시 후 그가 가수(假睡)와도 흡사한 마비 상태에서 깨났을 때 일은 거의 끝나가고 있었다. 벌써 대여섯 개의 창을 받은 들소는 겉으로는 사납게 부르짖으며 날뛰고 있어도 거의 방향감각을 잃은 상태였다. 미숙한 사냥꾼들도 자신을 되찾아 빼어든 도끼로 그런 들소를 함부로 찍어대고 있었다.

그런데 그 후 오래오래 기억된 놀라운 일이 거기서 일어났다. 그때껏 그 바위 위에서 시키지도 않은 그 사냥의 지휘를 맡고 있던 '뱀눈'이 갑자기 뛰어내리더니 곧장 들소에게 달려가 그 날카롭고 긴 뿔을 잡았다. 소는 거칠게 떠받는 자세로 고개를 들었다. 일순 '뱀눈'의 몸이 가볍게 들먹했다. 그러나 이내 소의 목은 '뱀눈'의 힘에 눌려 꺾이듯 힘없이 아래로 처졌다. 그걸 보며 한 손을 뺀 '뱀눈'은 돌도끼로 소의 정수리를 힘차게 내리쳤다. 소는 움찔하더니 부르르 사지를 떨며 무너지듯 주저앉았다.

멀리서 보기에는 눈부신 '뱀눈'의 활약이었다. 그러나 그는 분명히 보았다. '뱀눈'이 뿔을 잡기 전에도 이미 소의 무릎은 몇 번이고 맥없이 꺾이고 있었다. 번들거리는 두 눈에 짙게 어려 있는 것도 분명 꺼져가는 생명의 고뇌였다. '뱀눈'이 안전한 바위에서 뛰어내린 것은 바로 그 모든 것을 확인한 뒤였다.

하지만 그날 '뱀눈'이 누린 영예는 대단한 것이었다. 세 번의 성년식에 한 번 나올까 말까 한 '뿔을 누른 자'란 칭호를 받았던 것이다. 그 밖에 다른 소년들도 각각 그들의 힘과 용기에 합당한 이름을 얻었다. 그런데 그가 얻은 이름은 치욕스럽게도 '소를 겁내는 자'였다. 창 한 번 못 던지고 고함만 지른 '큰 울음소리'도 겨우 '큰 목소리'로 이름이 바뀌었을 뿐이었다.

그는 으스스한 기운에 눈을 떴다. 잠들 때 이글거리도록 지펴놓은 모닥불이 어느덧 가물가물 삭아가고 있었다. 동굴 속 입구가 구분되지 않는 것으로 보아 아직 날은 새지 않은 모양이었다. 그는 번갈아 드는 오한과 신열로 몸을 떨며 모아둔 나뭇가지를 한 아름 모닥불 위에 얹었다. 이내 매캐한 연기가 동굴을 메우더니 불이 다시 활활 소리를 내며 타올랐다. 오한은 그 불로 곧 사라졌지만 대신 고통에 가까운 신열이 그를 엄습했다. 그러나 그 신열로 몽롱한 중에서도 그는 방금 꾼 그 생생한 꿈을 되살려보았다.

이상한 일이었다. 일찍이 늙은 스승은, 꿈이란 하늘이나 위대한 정령이 우리에게 어떤 계시로 내리는 것이라고 했었다. 그런데 이미 까마득히 사라져버린 날들의 일이 지금에 와서 부쩍 자주 꿈속에 보이는 것은 무엇 때문일까. 오랜만에 돌아온 이 동굴이 어떤 신비한 힘으로 강력한 시간의 사슬을 풀어버린 것일까. 그러면서도 다시 마른 풀더미 위에 누운 그는 이내 어수선한 잠 속으로 떨어졌다.

······ '손의 동굴' 안이었다. 머리가 희끗희끗한 '날렵한 손' 곁에 그와 귀머거리, 그리고 '독사의 저주'가 앉아 있었다. 그들은 모두 '날렵한 손'의 지시에 따라 도끼 자루에 무늬를 새기려는 중이었다.

첫 출진에서 실패한 후 먼저 그가 보내어졌던 곳은 동굴 밖의 작업장이었다. 신체에는 별 이상이 없는 그는 그곳에서 어른들이 모아온 재료 — 석영이나 수석, 섬록암, 흑요석, 정장암 따위를 석핵(石核)과 박편으로 분리하는 곳에 보내졌다. 그러나 단순하고 쉬워 보이는 그 일은 뜻밖에도 그를 괴롭혔다. 약하게 치면 화살촉을 만들 박편조차 분리되지 않았고, 강하게 치면 이번에는 석핵까지 깨져버렸다. 타격 대신 압박을 이용해 봐도 마찬가지였다. 무엇 하나 제대로 돼 나오는 것이 없었다.

그래서 다음에 보내진 곳이 그 동굴 입구의 커다란 연마석(硏磨石) 곁이었다. 떼어낸 박편을 갈아 화살촉이나 단검을 만들고, 석핵으로는 도끼, 창날 따위를 만드는 곳이었다. 그곳은 더욱 견디기 힘들었다. 돌가루와 마찰 때의 열로 두 손은 거칠게 터지고 낮 동안의 불편한 자세 때문에 자리에 누우면 온몸이 욱신거렸다. 거기다가 그 단조로운 동작의 끝없는 반복 — 그는 결국 거기서도 쫓겨나 동굴 안으로 보내지고 말았다.

원래 그 동굴 안의 작업장은 거동이 불편한 사람들이 일하는 곳이었다. 그들은 그곳에 앉아서 날라주는 창 자루나 화살을 다듬고 거기에 혈족을 상징하는 무늬를 새기거나 그 임자의 무훈(武勳)과 이력을 과시하는 장식을 달았다. 그런데 그에게는 오히려 그곳이 견딜 만했다. 새기거나 그린다는 것은 그에게는 어릴 때부터 익숙한 작업이었다. 함께 보내졌던 '큰 목소리'가 그렇게도 빨리 떠나버린 것에 비해 그가 오랫동안 '손의 동굴'에 남아 있을 수 있었던 것은 아마도 그 때문이었다. 진작부터 멀리 산 아래에 있다는 평원지방과 그곳의 낯선 세계에 대해 열렬한 동경을 품어왔던 '큰 목소리'는 '손의 동굴'에서 맞게 된 첫 번째 봄에 벌써 자기의 꿈을 따라 떠나고 없었다.

그가 그 동굴 안의 생활에 싫증을 느끼기 시작한 것은 그로부터 두 번째의 봄을 맞고서부터였다. 단순하고 공식화된 무늬와 변화 없는 기법의 반복은 점점 그를 지치고 짜증나게 했다. 그는 도형화된 사물의 부분을 그리기보다는 자기의 눈으로 본 전체를 표현하고 싶었다. 결정된 대상을 그리지 않고 스스로 선택하여 그리고 싶었다. 그러나 '손의 동굴'에서는 그것이 인정되지 않았다.

그날도 '날렵한 손'은 방금 자기가 본보기로 새긴 도끼 자루의 무늬를 가리키며 이렇게 말했다.

"이걸 봐라. 이것은 아버지들 중 가장 날렵한 손을 가졌던 분이 처음 그려 승자의 표시로 삼은 산월계(山月桂) 이파리다. 나도 벌써 스무 봄이 지나도록 그것을 그려왔지만 그분보다 더 낫게 그릴 수는 없었다. 그리고 그 밑의 독수리 깃은 우리 혈족을 표시하는 무늬다. 까마득한 옛날에 우리의 선조를 해 뜨는 곳에서 이곳까지 태워준 그 신령한 독수리의 깃을 나의 스승께서 처음 그리셨을 때 식구들은 대단히 기뻐했다. 그래서 우리 혈족의 표지로 사용하는 것을 승인했을 뿐만 아니라 살찐 양의 뒷다리를 둘씩이나 보내주었다. 자랑 같지만, 우리는 이 두 개의 무늬만으로도 언제나 사냥에서 피 흘리는 용사들 못지않은 대우를 받았다……."

'날렵한 손'은 뒤이어 다른 몇 개의 무늬와 함께 도끼날과 창날을 자루에 단단하게 묶는 방법과 화살촉을 화살에 고정시키는 법 등을 설명했다. 모두 몇 번이고 반복해 들은 얘기였다.

뒤이어 그들이 실제로 그려야 할 차례가 왔다. '날렵한 손'은 먼저 그들에게 독수리의 깃털 무늬를 물푸레나무 자루에다 새기라고 지시했다. 그는 그리기 시작했다. 그러나 그는 자기도 모르게 깃털이 아니라 당당한 날개를, 날카로운 부리와 억센 발톱을 그려가기 시작했다. 갑자기 눈두덩에 번쩍 불이 일었다. 어느새 그의 엉뚱한 행동을 주시하고 있던 '날렵한 손'이 세차게 따귀를 후려친 것이다.

"이 건방진 놈. 사지가 멀쩡하면서도 소가 무서워 도망이나 다닌 주제에 시키는 짓은 하지 않고……. 이 무늬는 우리의 핏줄을 표시하는 신성한 것이야. 물론 네가 '날렵한 손'이란 이름을 얻게 되면 네게도 자신의 무늬를 그릴 자격이 생긴다. 하지만 그때에도 그것을 용사들의 도끼 자루에 새겨 넣기 위해서는 그들의 동의가 필요해. 그런데 있는 무늬조차 아직 제대로 못 그리는 주제에, 건방진 놈."

숨이 자주 가쁜 '날렵한 손'은 그러면서도 그가 그린 독수리를 다시 한번 살폈다.

"더구나 이것은 무늬가 아니고 그림이다. '신비의 동굴'에서 나 그려져야 할 신성한 그림을 아무 데서나 그리는 것은 거기 서 행해지는 주술의 효과를 줄일 수도 있는 불경한 짓이야. 너 는 어디까지나 '손의 동굴'에 속해 있어. 너는 식구들이 요구한 것만을 그려야 해. 네 입에 냄새 나는 양꼬리고기라도 처넣으 려면……."

그는 다시 눈을 떴다. 역시 꿈이었다. 어느새 동굴 입구는 희 끄무레 밝아 있었다. 그는 무거운 몸을 천천히 일으켰다. 신열 은 상당히 내려 있었다. 모닥불은 벌건 숯덩이로 변해 알맞게 주위를 데우고 있었다. 그 이글거리는 숯불을 보며 그는 희미 한 식욕을 느꼈다. 그제서야 그는 어제 낮 이후 아무것도 먹지 않았다는 것을 깨달았다.

그는 휘청거리며 동굴벽의 바위시렁에서 '산나리'가 준비해 준 음식물 보퉁이를 내렸다. 아직도 육포 조금과 말린 물고기 몇 마리가 남아 있었다. 그는 그중에서 물고기를 한 마리만 꺼 내 불에 구웠다.

그러나 물고기가 알맞게 익어도 생각처럼 식욕은 일지 않았 다. 간신히 몸통 부분을 몇 점 뜯은 그는 물이 든 가죽주머니를 찾았다. 그가 다 마셔버렸던 것인지 아니면 간밤내 새어버린 것인지 가죽주머니는 텅 비어 있었다. 그는 빈 가죽주머니를 들고 입구 쪽으로 나갔다. 어디 가까운 바위틈에서 샘물이라도 담아올 생각이었다.

동굴 입구에 나와서야 그는 지금이 새벽이 아니라 상당히 늦은 아침이라는 것, 그리고 밖에는 심한 비가 오고 있다는 것을 알았다. 그는 잎새의 골진 바위 틈서리에서 흘러내리는 물을 함부로 움켜 마셨다. 찬 빗물이 뱃속에 들어가자 약간 생기가 났다.

그는 원래 오늘 '신비의 주토(朱土)'와 숯보다 짙은 흑색을 내는 이탄(泥炭), 바이올렛 빛과 청색을 얻을 수 있는 수액(樹液)을 찾으러 나설 작정이었다. 오랜 세월 전에 그는 스승인 '영험한 손'과 함께 그런 것들을 찾아 부근을 쏘다닌 적이 있었다. 당장이라도 나서면 그런 것이 있는 곳들을 찾아낼 수 있을 것 같았다.

그러나 그는 줄기차게 쏟아지는 빗줄기를 바라보며 곧 출발을 단념했다. 현재 상태로는 무리였다. 그 동굴로 돌아오는 도중에 악령의 입김이 서린 계곡물을 함부로 마셨거나 날던 새도 떨어진다는 숲의 독기를 쐬었던 모양이었다. 그 후 그는 조금씩 몸이 무겁고 식욕이 떨어지더니 어제부터는 오한과 신열이 번갈아 그를 괴롭혔다. 우선은 건강을 회복하는 것이 중요했다.

그렇게 생각한 그는 다시 모닥불 곁으로 돌아가기 전에 잠시 빗속에 잠긴 숲과 봉우리들을 깊은 애정으로 바라보았다. 한 번 떠나간 후 오랫동안 그리워했던 것들이었다. 그러자 가까운 활엽수 잎에 떨어지는 빗방울 소리 탓이었을까. 그는 자신도 모르게 어느 우울한 날의 회상 속으로 떨어졌다.

…… 하늘 가득히 비가 나리고 있었다. 멀리 '사슴의 숲'도 '검은 전나무 산'도 빗속에 희부옇게 웅크리고 있었다.

그날 그들의 동굴은 때아니게 열기에 넘치고 왁자한 분위기였다. 남자들은 기분 좋게 타오르는 모닥불 곁에서 맛난 고기를 뜯으며 지난 사냥에서의 무용담이나 개인의 신기한 체험을 큰 소리로 주고받고 있었다. 여자들도 모두 그곳에 모여 오직 요리와 남자들의 시중에만 전념했다.

말하자면 우기(雨期)의 임시 축제였다. 그해 봄에는 유난히 사냥이 잘되고 산과 계곡의 열매들도 풍부해 충분한 식량을 비축한 그들은 그 우기의 첫날을 느슨한 기분으로 쉬며 포식과 담소를 즐기는 중이었다. 포를 떠 말린 고기 외에도 생포해서 묶어둔 몇 마리의 산양이 있었고 말리거나 저린 육과(肉果)도 상당했다. 간간 비가 갤 때 처치해 둔 함정과 덫이나 살피고, 풍부한 수분으로 더욱 충실해진 야생의 열매와 푸성귀나 보태면 우기를 넘기기에는 충분한 양이었다.

'손의 동굴' 사람들도 그날만은 일손을 멈추고 모두 큰 동굴로 모였다. 물론 그도 그곳에 있었다. 그러나 거기에 따라온 지 얼마 되지 않아 그는 곧 후회했다. 그들이 자랑스레 떠들고 감탄해서 듣고 있는 무용담은 그에겐 바로 고통과 수모였다. 더구나 이제는 어엿한 성년 용사로 틀이 잡힌 지난날의 친구들은 대면 그 자체가 굴욕이었다. 그들은 혈족의 가장 존경받는 용사들과 어깨를 나란히 하고 앉아 그들 몫으로 분배된 기름지고 맛난 고기를 마음껏 뜯고 있었다.

거기에 비하면 '손의 동굴' 사람들에게 분배된 고기는 초라하기 그지없었다. 충분하지도 않은 양인데 태반이 노랑내나는 산양의 꼬리 부분이거나 힘살투성이인 들소의 어깻살이었다. 다만 용사들은 자기의 무기에 멋진 무늬나 장식을 달아준 데 대한 개인적인 감사로 그들 몫의 질 좋은 고기를 '손의 동굴' 사람들에게 던져주었는데, 그것은 오히려 그를 처량한 기분에 젖게 했다. 그런 것을 감지덕지 받아먹는 동료들의 천박을 보며 그는 처음으로 자기가 일평생 기대해야 할 고기의 종류가 어떤 것인가를 뼈저리게 느꼈다.

거기다가 그를 한층 비참하게 만든 것은 이례적으로 내려온 '사제자의 물'이었다. 정규의 축제일이 아닌데도 '신비의 동굴'에서 내려온 것으로 그 양은 용사들에게도 겨우 돌아갈 정도밖에 안 되었다. 단 한 번 마셔본 경험뿐이지만 그날따라 그는 몹시 그것을 마시고 싶었다. 왠지 그 신비한 물은 자신을 못 견디게 울적한 기분에서 구해 줄 것만 같았다. 그러나 그는 용사가 아니었다. 천대받는 '손의 동굴'에 속한 하급 장인(匠人)일 뿐이었다.

그는 문득 그곳을 떠나 홀로 있고 싶어졌다. 마침 여기저기서 자리를 뜨는 용사들이 있어, 그도 눈에 띄지 않게 그곳을 빠져나올 수 있었다.

동굴 밖은 사납게 빗줄기가 몰아치고 있었다. 찬 빗방울이 머리를 적셔올 때에야 그는 그 비가 무작정 맞고 있을 수 있는 성질의 것이 아니라는 것을 깨달았다. 그는 참나무붙이가 밀생한 가까운 언덕 쪽으로 달려갔다. 그 어느 잎이 무성한 가지 아래 아직 비에 젖지 않은 마른 흙이 있을 것 같아서였다. 그러나 오랫동안 내린 비는 두터운 잎새를 뚫고 굵게 방울져 흘러내려 비를 피할 만한 곳은 거기에도 없었다. 그는 다시 그 곁 바위 비탈을 살펴보았다. 마침 한 군데 비를 피할 만한 바위 그늘이 있어 그는 우선 그리로 달려갔다.

평소 무심코 지나쳤지만 꽤 깊은 바위 그늘이었다. 그는 겨우 비를 피할 정도의 잎새에 앉아 망연히 그의 앞길에 남겨진 괴롭고 긴 세월을 생각했다.

그렇게 얼마나 지났을까. 음울한 사념 중에도 무심코 주위를 살피던 그는 문득 맞은편 바위벽에 기대 세워진 창 한 자루를 보았다. 몹시 눈에 익은 것이었다. 붉은색 띤 창날과 들말의 갈기로 만들어진 수술 — 바로 유명한 '뱀눈'의 창이었다.

그가 '손의 동굴'에서 괴롭고 쓸쓸한 세월을 보내고 있는 동안도 '뱀눈'은 눈부신 성공을 거듭했다. 성년식을 마치고 채 네 번의 봄이 나기도 전에 '뱀눈'은 자신의 목걸이를 벌써 맹수의 이빨과 발톱으로 가득 채우고 있었다. 공식적인 명칭도 '뿔을 누른 자'에서 '위대한 용사'로 승격되었다.

그러나 그는 '뱀눈'의 그런 성공에 대해 몇 가지 석연찮은 점을 들고 있었다. 가장 힘세고 용감한데도 언제나 가장 큰 공을 '뱀눈'에게 빼앗기는 '붉은 노을'이 주로 털어놓은 것으로, 거기

따르면 '뱀눈'의 그런 성공은 간교한 꾀로 얻은 첫 번째의 성공과 별반 다를 바가 없었다. 어찌 된 셈인지 동배(同輩)는 물론 연상의 용사들까지도 몇 번에 한 번씩은 자기들의 공로를 '뱀눈'에게 양보한다는 것이었다. 즉 빈사의 사냥감을 '뱀눈' 쪽으로 몰아주어 그에게 결정적인 일격을 가하게 함으로써 그의 성공 횟수를 늘려준다는 식이었다.

"놈은 무언가 그들에게 더러운 속임수를 쓰고 있어. 그들은 자기들이 성공해서 받게 될 것보다 더 큰 대가를 놈이 줄 수 있다고 굳게 믿는 것 같았어……."

그것이 '붉은 노을'의 불만스러운 결론이었다.

거기다가 그가 몇 번이나 손보아준 '뱀눈'의 창도 여느 것들과는 달랐다. 그 붉은색의 창날은 손의 동굴에서 흔히 쓰는 현무암이나 수석 따위는 아니었다. 훨씬 무겁고 단단하면서도 질겼다. 날을 세우기는 힘들었지만 한 번 세우기만 하면 다른 것들보다 훨씬 날카로워 더 깊고 치명적인 일격을 사냥감들에게 가할 수 있었다.

그가 이런저런 생각으로 창을 살피고 있는 사이에 갑자기 바위 그늘 쪽에서 이상한 신음소리가 새어나왔다. 귀를 기울이던 그는 금세 얼굴이 달아올랐다. 그 소리가 무엇을 뜻하는

가를 알아차렸기 때문이었다.

그는 처음 조용히 그곳을 피해 주려고 마음먹었다. 그러나 이내 그는 '뱀눈'의 상대가 궁금했다. 호기심을 억제하지 못한 그는 살며시 접근해 바위틈 사이로 엿보았다. 둘은 이미 맹렬하게 엉켜 있어 그런 그의 접근을 눈치 채지 못하고 있었다.

'뱀눈'의 넓은 등판에 가리워 당장은 밑에 있는 여자가 잘 확인되지 않았다. 그러나 유난히 새하얀 피부와 목께에 늘어진 조개껍데기를 본 순간 그는 그녀가 누구인지를 알아차렸다. 바로 '초원의 꽃'이었다. 방금 그녀의 목에 늘어져 있는 그 목걸이는 그가 여러 날을 공들여 만들어 바친 것이었다. 순간 그의 피는 역류하는 것 같았다. 분노와 슬픔이 뒤엉킨 묘한 격정으로 외마디 소리라도 지를 뻔하였다.

오, '초원의 꽃'. 단조롭고 몽롱한 유년에서 벗어난 이래 그의 모든 낮과 밤은 오직 그녀만을 위한 것이었다. 그가 얻은 모든 아름답고 귀한 것은 모두 그녀에게 바쳐졌고, 꽃 한 송이 새소리 한 가닥도 그녀와 연관 짓지 않고는 받아들일 수 없었다. 때로 그의 그런 노력은 그녀의 보답을 받기도 했다. 실제로 그들은 몇 번인가 은밀한 관목숲이나 후미진 바위 그늘에서 어른들로부터 금지된 장난을 한 적도 있었다.

그러나 초조(初潮)의 부정(不淨)이 씻긴 후 한 성년 여자로 선포되고부터 '초원의 꽃'은 변하기 시작했다.

여자가 성년이 된다는 것은 원칙적으로 어머니가 같은 형제를 제외한 동배의 모든 남자들의 처가 된다는 뜻이었다. 그러나 실제 매일 밤의 잠자리의 상대를 결정하는 데는 별개의 원칙이 필요했다. 동일 시간에 성합(性合)할 수 있는 남녀는 각각 한 사람뿐이기 때문이었다.

거기서 매일 밤의 지정권이 발생했다. 궁극적으로 상대를 결정할 권리는 여자 쪽에 유보되어 있었다. 그러나 혈족 간의 싸움이나 큰 사냥이 있는 날은 공을 세운 순으로 용사들에게 지정권이 돌아갔다. 그리고 관례는 그런 날의 우선권에 복종하도록 여자들에게 요구하고 있었다.

'손의 동굴'에 있는 그의 서열은 당연히 모든 용사들의 끝이었다. 따라서 사냥이나 싸움이 있는 날은 그는 '초원의 꽃'을 단념했다. 그녀는 처들 중에 가장 아름답고 풍만했으므로 용사들이 다투어 그녀를 지정했기 때문이다. 그러나 지정권이 그녀에게 유보된 평범한 날도 그녀가 거부 없이 용사들의 지정을 따르는 것을 보면 그의 가슴은 터질 듯 괴로웠다. 모든 처들은 이튿날 아침의 분배에서 간밤에 잠자리를 함께한 남편과 동일

한 대우를 받도록 되어 있었는데, 그것이 그녀를 항상 몫이 많은 용사들을 택하게 만드는 것 같았다. '손의 동굴'에 있는 그의 몫은 언제나 형편없는 하급이었다.

결국 성년식 이후 그가 '초원의 꽃'과 잠자리를 같이해 본 것은 단 한 번뿐이었다. 방금 그녀의 목에 걸려 있는 그 목걸이를 바친 밤이었는데, 그나마 그를 받아들이는 그녀의 몸은 굳고 식어 있었다. 그러나 그녀에 대한 그의 격정은 갈수록 치열해져갈 뿐이었다.

그가 번민에 잠겨 있는 동안도 그들 남녀의 신음과 숨소리는 높고 거칠어만 갔다. 그리고 그것은 거대한 뱀처럼 그의 정신을 옥죄고 물어뜯었다. 그런 자기의 감정이 어리석고 천한 것이라고 수없이 들어왔음에도 불구하고 그는 더 이상 견딜 수 없었다. 그는 자신도 모르게 곁에 세워진 '뱀눈'의 창을 잡았다. 원인 모를 증오로 눈이 먼 그는 한달음에 달려가 두 남녀를 그 창에 꿰어놓고 싶었다.

그때였다. 누군가 살며시 그런 그의 손을 잡아끄는 사람이 있었다. 거친 눈으로 돌아보니 언제 왔는지 비에 젖은 '산나리'가 서 있었다. 공허한 두 눈에 눈물이 흥건히 고여 있었다. 그걸 보자 왠지 그의 가슴도 찡해졌다. 결국 그는 들었던 창을 힘

없이 놓고 그녀가 끄는 데로 따라갔다.

"무슨 짓을 하려는 거예요?"

그들이 다른 얕고 호젓한 바위 그늘에 이르렀을 때 '산나리'가 울먹이며 말했다.

참으로 이상한 여자였다. 어렸을 적부터 그녀는 까닭 없이 그를 좋아하고 그의 주위를 맴돌았다. 그가 마지못해 준 뼛조각이나 조개껍데기를 그녀는 소중하게 지녔으며, 무심히 한 말도 오래오래 기억했다. 성년이 된 그녀에게 최초의 지정권이 주어졌을 때 그녀가 동침의 상대로 지정한 것은 뜻밖에도 그였다. 그런데도 왠지 그는 그녀가 싫었다. 길고 음울한 코와 희고 부석부석한 피부가 싫었고 꿈꾸듯 몽롱한 두 눈이 싫었다.

그 밖에 그가 그녀를 피하게 만드는 것은 어쩌다 둘이 있게 되면 끊임없이 물어대는 멍청한 질문과 지겹도록 반복하는 턱없는 공상이었다. 하늘 저 멀리에는 무엇이 있을까, 흰구름이 흘러가 닿는 곳은 어디일까, 우리들 최초의 어머니는 어디서 왔을까, 영혼은 정말로 영원히 사는 것일까…… 아니면 열매와 낟알이 풍부한 숲, 습기 없고 아늑한 동굴, 둘만의 성합(性合), 그를 닮은 아이들…… 따위의 공상.

사실 그것들은 그도 궁금히 여기거나 때로 꿈꾸는 것들이었다. 다만 그것들을 '산나리'가 하고 있다는 것이 싫을 뿐이었다. 아아, 그녀가 '초원의 꽃'이었다면, '초원의 꽃'이었다면…….

그러나 밤의 동굴에서 언제나 그를 기다려주는 것은 '산나리'뿐이었고, 따라서 그의 몸이 이상한 욕화(慾火)로 스멀거리고 여인의 체취가 못 견디게 그리워질 때면 어쩔 수 없이 그녀와 어울렸다.

"제가 '초원의 꽃'만큼 아름답지 못하다는 건 알고 있어요. 하지만 이렇게 당신을 좋아하는데, 당신의 얼굴만 보아도 숨막힐 듯 기뻐오는데……."

눈물이 범벅이 된 얼굴로 '산나리'는 호소했다.

"'초원의 꽃'은 당신의 흰 얼굴과 부드러운 손을 비웃지만 저는 오히려 그것이 좋아요. 그녀는 당신의 밋밋한 가슴과 연약한 팔을 경멸하지만 제게는 그것이 아름다워 보여요. 그녀는 다른 사람들이 잡은 짐승들의 고기와 가죽을 가치 있게 여기지만 저는 열 마리의 들소보다도 당신이 그 뿔에 새긴 조그만 풀이파리 하나가 몇 배나 더 소중해요. 그런데도 저를 사랑해 주실 수 없나요? 영영 '초원의 꽃'을 대신할 수는 없어요?"

거기서 그는 갑자기 그녀를 껴안았다. 그리고 곧장 그녀의 비에 젖은 털가죽 옷을 벗겼다. 성급하고 난폭한 손길이었지만 그녀는 저항하지 않았다. 뒤이어 자신의 입성도 벗어붙인 그는 어지러이 널린 옷가지 위에 쓰러뜨리듯 그녀의 빈약한 육체를 뉘었다.

그러나 쉽게 불붙어 오르는 '산나리'의 몸에다 비뚤어지고 옹어리진 욕정을 내리쏟는 동안에도 그의 두 눈 가득히 떠오르는 것은 엉켜 있는 '뱀눈'과 '초원의 꽃'이었다. 그는 마음속에서 울부짖듯 다짐하였다. 이제 나는 '용사의 동굴'로 돌아가리라. 보다 자신을 단련하고 강화하여 나도 떳떳하게 '초원의 꽃'을 차지하리라…….

갑자기 한줄기 바람이 굵은 빗줄기를 몰아쳐 회상에 잠긴 그의 얼굴을 적셨다. 오싹한 한기로 그는 쓸쓸한 추억에서 깨어났다. 쏟아지는 빗줄기는 점점 폭풍우의 징후를 띠고 있었다.

모닥불 가로 돌아온 그는 가물가물 사그라드는 불을 되살렸다. 모닥불은 금세 알맞은 열기와 빛으로 타올랐다. 그의 몸에서 가는 김이 피어오르며 한기로 굳었던 그의 몸이 다시 느슨하게 풀렸다. 그러자 그 한기로 인해 단절되었던 지난날의 기억이 다시 생생하게 눈앞에 펼쳐졌다.

그래, 나는 돌아갔었지…… 그는 회상했다. 그가 다시 창과 도끼를 잡겠다고 말했을 때, 당시 용사들의 지도자였던 늙은 '회색곰'은 기꺼이 받아주었다.

"용감한 삶과 용감한 죽음은 사나이의 자랑이다. 그런데 너는 어리석게도 그것을 포기했다. 네가 소에게 등을 보였을 때 사나이로서의 네 생명은 끝났다. 하지만 사람의 기억은 덧없는 것, 다시 한번 네게 기회를 주겠다. 부디 치욕스런 이름을 벗는 기회가 되기를 빌겠다."

그러나 연속되는 또 다른 기억은 다시 그를 쓰라린 감회 속에 빠뜨렸다. 그는 두 번째의 출전에서 또다시 실패하고 말았던 것이다.

그래도 나는 비겁하지는 않았어. 그는 자신을 변호하듯 중얼거렸다. 물론 덮쳐오는 소는 여전히 공포였지만 나는 한 발짝도 물러나지 않았어. 나는 그 거대한 공포의 실체와 정면으로 대결한 거야. 왜냐하면 내 내부에는 그보다 더 큰 공포가 나를 강제하고 있었거든. 바로 '손의 동굴'로 되돌아가게 되리라는 공포…….

그의 창은 실제로 소를 찔렀었다. 그러나 그것으로 끝이었다. 소는 쓰러지지 않고 오히려 태풍처럼 그를 휩쓸고 지나갔을 뿐이었다. 예리한 뿔에 어깨가 찢어지고 발굽에 두 다리가 짓뭉개진 그가 다시 정신을 차린 것은 이틀 후였다. 기껏 그가 얻은 것은 비겁자의 칭호를 약자의 칭호로 바꾼 것뿐이었다. '소에게 밟힌 자.'

그가 다시 몽롱한 회상에서 깨어난 것은 갑작스레 피어오르는 불꽃 때문이었다. 마른 장작 사이에 굵은 관솔가지라도 들어 있었던 것일까. 모닥불에 한 줄기 검붉은 화염이 치솟더니 동굴 안이 환히 빛났다. 그러자 천장의 바위면에 그려진 그림들이 뚜렷이 드러났다. 스승인 '영험의 손'이 새긴 희생의 사람을 제하면 모두 자신이 다시 돌아온 후에 그린 습작이었다. 두 마리의 산돼지, 약간의 말, 실물보다 훨씬 큰 암사슴…… 그리고 그 가운데에 자신이 가장 힘을 쏟은 들소가 아직 희미한 선으로만 어른거리고 있었다. 다른 것들도 그랬지만 특히 그 소는 동굴의 다른 벽면에 그려진 그림들과 전혀 다른 기법이었다. 흡사 털 한 올도 빠뜨리지 않으려는 듯, 세밀한 선으로 된 그림을 보며 그는 문득 늙은 스승의 목소리를 상기했다.

"아주 옛날에는 우리들도 사물을 실제와 일치하게 그리려고 애를 썼다. 그때는 이들 그림 자체가 무슨 특별한 힘을 가졌다고 믿었기 때문이었다. 그러나 점차 사람들은 그것이 불필

190
· · ·

요한 노력과 시간의 낭비라는 걸 깨달았다. 그림은 그저 우리
가 자연과 위대한 정령에게 우리의 뜻을 전달하는 도구이며,
동료 인간들에게 나누어주는 믿음과 격려의 부적에 불과하기
때문이다. 즉 자연과의 교감을 통하여 그려진 이 짐승들이 실
제로 우리의 힘에 굴복하게 되리라는. 따라서 중요한 것은 손
바닥 자국을 벽에 찍듯 정확한 모사(模寫)가 아니라 대상을 상
징하는 힘이다. 그리고 그 힘은 대상이 가지는 몇 개의 특징을
굵고 강한 선으로 강조함으로써 얻어진다. 예를 들면 사슴의
뿔을 나타내는 몇 개의 선만으로 우리는 그것들을 교감적(交
感的)인 마술 속으로 잡아들일 수 있는 것이다.

　앞으로 네가 고려하여 얻어야 할 것은 바로 그 대상의 특징
을 파악하는 힘이며 그것을 가능하면 단순하고 원초적인 선으
로 처리하는 대담함이다."

　그가 처음으로 이 동굴에 왔던 날 늙은 스승은 그의 그림을
보고 그렇게 말하였고 그 후 그도 대체로 그 원리에 충실했다.
그러나 지금은 모든 것이 달라졌다. 그는 이미 교감적인 마술의
도구로 그리고 있는 것이 아니었다. 그가 추구하고 있는 것은 그
림 너머에 있는 것이 아니라 그 자체였다. 가장 가치 있는 것의
생생한 화체(化體) ─ 그렇게도 열렬하게 쫓았으나 결국은 한

번도 잡지 못한 들소 그 자체를 이제 자신의 선과 색으로 잡아
보고 싶을 뿐이었다.

그러자 이번에는 '큰 목소리'의 경멸에 찬 눈길과 비양거리
는 어조가 떠올랐다.

"나의 목소리가 노래 부르기 위한 노래에만 바쳐질 수 없듯
이 너의 선과 색도 그림 그리기 위한 그림에만 바쳐질 수는 없
어. 이 땅 위에서 행해지는 것은 모두 무엇인가를 향해 있어.
우리는 그것을 위대한 정령(精靈)이라고 말하기도 하고, 신비한
자연이라고 부르기도 하지. 그러나 사실은 모두 동료인 인간들
을 향한 거야. 우리가 무엇을 하든 그들의 이익과 관심에서 멀
어져가면 이미 아무런 가치가 없어. 아니 그 이상 ― 그것은 배
반이야. 우리가 창 자루를 잡거나 숲을 달리며 땀 흘리지 않아
도 그들이 우리에게 매일의 고기와 낟알을 보내오는 것은 분
명 그런 의무와 책임을 전제로 하는 것이야. 너의 선과 색은 절
대로 너만의 것일 수가 없어."

하지만 나는 그들을 떠났다 ― 그는 중얼거렸다. 나는 혼자
다. 나는 그들과의 그런 불투명한 연계(連繫)에서 탈출해 나왔
다. 이제 이 선과 색은 나만의 것이다. 나를 충족시킴으로써 충
분한 것이다…….

그러나 이렇게 강렬하게 항변하고 있는 동안 문득 한 가닥 불안이 그를 엄습하였다. 두텁게 그를 둘러싸고 말 못할 무게로 그를 죄어오는 외로움 때문이었다. 지금과 동기는 다르지만 지난날에도 한 번 그는 이와 비슷한 탈출을 시도해 본 적이 있었다. 그는 용감하게 낯익은 혈족들과 정든 땅을 버리고 떠났었다. 그러나 결국은 그 외로움 때문에 돌아오고 말았다.

그때 그가 도망치려 했던 것은 두 번째의 실패로 확정된 자신의 운명으로부터였다. 몇 번의 달이 차고 기울자 소뿔에 찢긴 어깨의 상처는 아물었지만 짓밟힌 왼무릎은 영영 그대로 굳어버려 그는 어쩔 수 없이 '손의 동굴'과 그 굴욕적인 삶으로 돌아가지 않을 수 없었던 것이다.

그는 무턱대고 낮은 곳을 향해서 출발했다. 멀리 평원지방과 그곳의 기름진 들에 낟알을 가꾸며 산다는 온순한 사람들을 향해. 일찍이 '큰 목소리'가 커다란 동경을 품고 떠나갔던 세계였다.

그러나 채 하루가 지나기도 전에 그는 새로운 종류의 고통을 경험했다. 홀로 있게 된다는 것 — 낯선 사람들과 낯선 세계에 홀로 떨어져 살게 된다는 것 — 바로 고독에 대한 공포였다. 거기다가 계절도 아주 나빴다. 마침 사슴이 뿔을 가는 달이어서 숲에서는 한 줄기 나무순 한 톨 밤알조차 얻을 수 없었다. 결국 굶주림과 추위 속에 부락 주위를 배회하던 그는 떠난 지 사흘 만에 사냥 나온 혈족에게 발견되어 되돌아오고 말았다.

그렇지만 그 출발이 전혀 무의미한 것은 아니었어…… 그는 스스로를 위로했다. 그러자, 의심스럽던 혈통의 비밀이 밝혀지고 자기에게 새로운 생이 열리던 순간이 그의 눈앞에 다시 선명하게 떠올랐다.

…… '위대한 어머니'가 그를 찾아온 것은 그가 거의 빈사의 상태로 혈족들에게 발견된 지 나흘 만이었다. 그날 아직 회복이 덜 된 몸으로 후미진 동굴에 홀로 누워 있는 그를 찾아온 '위대한 어머니'는 그에게는 그대로 감격이었다. 한 번 탈출에 실패한 후로 고독은 또 하나의 새로운 운명이었다. '산나리'를 제외하고는 아무도 그가 누워 있는 곳을 찾아주지 않았고, 간간 밖에 나가 둘러보는 산과 숲도 문득 낯선 듯이 느껴졌다.

"사랑하는 아들아, 누가 너를 괴롭히더냐? 무엇이 너를 이 따뜻한 동굴과 다정한 형제자매의 품에서 빠져나가 눈 속을 헤매게 하였느냐?"

'위대한 어머니'는 전에 없이 자상한 목소리로 그의 어깨를 어루만지며 물었다. 남자에게는 가장 큰 금기임에도 불구하고 걷잡을 수 없이 쏟아지는 눈물을 두 손으로 훔치며 그는 더듬 거렸다.

"위대한 어머니, 그것은 바로 저 자신이었습니다. 저의 희고 약한 피부와 가는 팔다리였습니다. 왜 저의 창날은 사냥감의 심장을 찌르지 못하고, 화살은 항상 빗나가버리는 것입니까? 어째서 제 담력은 풀숲을 뛰는 토끼보다 못하고 제 머리엔 망상만이 가득한 것입니까? 떨어진 작은 새의 주검이 유독 제게 만 슬픔이 되고, 숨져가는 꽃사슴의 눈망울이 괴롭게 느껴지 는 것은 또 무엇 때문입니까?

위대하신 어머니, 진심으로 묻습니다. 혹 자연은 저의 출생을 꺼린 것이나 아닌지요. 숲의 정령도 저를 못마땅히 여겨 여인의 몸과 마음을 그릇 점지한 것이나 아닌지요……."

그런 그를 보는 '위대한 어머니'의 눈은 점점 연민으로 흐려 져갔다. 그녀는 그의 얇고 부드러운 손과 여윈 팔목을 어루만지며 말했다.

"아들아, 괴로워 마라. 그래도 네가 태어났을 때 태양은 미소하였고, 숲의 정령도 동굴 가득히 그 신선한 입김을 불어넣어 주었더니라. 네가 네 형제들과 다른 점은 너의 피가 그들과 다르기 때문이다. 그리고 — 그것을 지금까지 알아보지 못한 것은 나의 불찰이었다⋯⋯."

그 말을 들은 그는 돌연한 호기심으로 성급하게 되물었다.

"그럼 나는 저 많은 아버지들의 자식이 아닙니까? 내 어머니는요? 그들은 모두 어디에 있습니까?"

"물론 너를 낳은 것은 나의 딸이다. 그러나 내 짐작이 맞다면 처음 네 피를 우리 혈족에 전한 자나 그것을 이어 내 딸의 몸에 너의 씨를 뿌린 자는 아무도 이곳에 없다."

"그럼 제 피의 근원이 되는 사람은 우리 혈족이 아니었단 말입니까?"

"그렇다. 그러나 부끄러워하거나 괴로워할 필요는 없다. 그는 비록 우리들의 혈족이 아니지만 우리들보다는 훨씬 더 저 먼 하늘과 그곳에 계신 조상들의 영혼에 가까운 사람이었다. 또한 그는 한 번도 싸움과 사냥에 나서본 적이 없지만 어떤 용사보다 더 큰 힘과 용기를 가진 사람이었다."

"잘 알아들을 수가 없습니다. 어째서 그런 일이 있을 수 있었습니까?"

"벌써 오래전의 일이다, 네가 태어나기 훨씬 전의. 그때 우리는 대단한 재앙을 만났다. 오랫동안 하늘이 비를 주시지 않아

골짜기며 샘은 모조리 마르고, 풀과 나무조차도 잎과 순을 제대로 피우지 못했다. 그 때문에 우리의 사냥감들은 모두 풀과 샘을 찾아 낮은 곳으로 내려가고 우리들도 그들 뒤를 따라 낮은 곳으로 내려가지 않을 수 없었다.

그러나 평원지방에는 벌써 오래전부터 다른 혈족들이 자릴 잡고 있었다. 그중에서도 짐승을 길들여 기르며 사는 혈족들은 언제나 이동 중이어서 자기들의 근거지에 대한 집착이 없었지만, 기름진 평야에서 낟알을 기르며 살던 족속들은 토지에 대한 강렬한 집착으로 우리에게 거센 저항을 했다.

그들은 머릿수로도 우리보다 훨씬 많았고, 목책이나 흙벽으로 우리의 침입을 막을 줄도 알았다. 그러나 대체로 그들과의 싸움은 수월했다. 그들은 이미 오랫동안 숲 속을 달려보지 않았고, 맹수들을 쫓던 기억마저도 없어 거칠고 날랜 우리 전사들을 당해내지 못했다. 이듬해 충분한 비가 오고, 이 계곡에 다시 사냥감이 되돌아올 때까지 우리는 그들이 갈무리해 둔 낟알과 길들인 짐승을 빼앗아 살았지.

아마도 우리 혈족에 너의 피를 최초로 옮겨온 사람은 평원의 그들 중의 하나였을 것이다. 우리들에게 붙들렸으나 단 한 번의 예외로 살려준."

"그런데 어째서 그를 살렸습니까?"

"그의 신비한 능력 때문이었다. 그는 우리가 알지 못하는 저 하늘의 목소리를 알아들었고 땅의 몸짓과 표정을 이해했다. 그의 목소리는 바람을 달래고 비를 부를 수 있었으며, 그의 눈길은 멀리 수십 개의 봉우리 너머에서 몰어오는 구름을 보았다. 가벼운 풀잎의 나부낌이나 작은 새의 노래마저도 그에게는 의미 있는 하늘의 속삭임이며, 땅의 숨결이었다……."

거기서 잠시 '위대한 어머니'는 까마득한 날의 기억을 더듬는 것 같았다. 그러나 그가 미처 무엇을 물을 틈도 없이 그녀는 다시 하던 얘기를 계속했다.

"평원지방을 휩쓸고 다니던 그해 여름에 우리는 한 커다란 부락을 약탈했다. 모든 것이 풍족한 곳이었지만 그들도 가뭄에 고통당하고 있었던 모양으로 우리가 습격한 날은 마침 부락 전체가 모여 비를 빌고 있었다. 우리는 그런 그들을 마음껏 유린하고 약탈했다. 그런데 그 부락 가운데의 공터에서 우리는 언뜻 이해 안 되는 광경을 보았다. 방금 제례가 행해지던 그곳에는 거대한 장작더미가 쌓여 있고, 그 위엔 한 남자가 서 있었다. 묶여 있는 것도 아니고, 실신한 것도 아니었다. 알고 보니 그들의 기우사(祈雨師)였다. 오래 빌어도 비가 오지 않자 그는 동

198
· · ·

족들을 위해 스스로 희생해 제단 위에 오른 것이었다.

우리는 그를 장작더미에서 끌어내렸지만 아무도 그에게 창을 겨누지 못했다.

우리는 흰 양털로 짠 예복과 새 깃으로 장식된 모자, 그리고 무엇보다도 그의 엄숙한 표정과 형형한 눈길에 압도당했다. 거기다가 우리의 전사들이 둘러싸고 있는 동안에 돌연히 하늘이 캄캄해지고 굵은 빗방울이 떨어지기 시작했다. 아마도 우리 혈족이 그를 우리의 사제자(司祭者)로 맞아들일 생각이 난 것은 바로 그 순간이었을 것이다. 원래 전문적인 사제자를 두는 것은 소출이 많고 보관이 용이한 낟알을 재배하는 평원지방의 관습이었다. 그들은 한 사람의 노력만으로도 몇 사람분의 식량을 얻을 수 있었으므로 직접 생산에 참여하지 않고 풍요와 다산만을 기원하는 사제자를 기를 수 있었다. 그리고 그런 관습은 자연상태보다 훨씬 잘 자라고 젖과 고기도 많이 내는 가축을 가지게 된 초원의 유목민에게도 번졌다.

물론 우리에게도 위대한 정령들과 우리를 중개하는 사람이 필요했다. 그러나 불확실한 사냥과 빈약한 채취만으로 살아가던 때에는 그럴 여유가 없었다. 우리가 가졌던 의식은 혈족의 용사들 중 약간의 솜씨를 가진 자가 즉흥적인 노래로 우리의 희망을 하늘에 전하고 서투른 그림에다 창이나 화살을 박아 넣어 목표하는 사냥감에 주술을 거는 것이 전부였다.

우리가 평원지방의 토기와 함께 그런 사제자를 받아들일 수 있었던 것은 순전히 약탈로 인해 생긴 여유 때문이었다. 그러나 그 후 이곳으로 돌아온 후에도 만들기 어렵고 보관하기 까다로운 토기는 곧 버렸지만, 그 제도만은 존속시켰다. 바로 '신비의 동굴'이 그것이다.

평원에서 끌려온 그 남자는 그 동굴의 첫 번째 주인이 되었다. 그러나 그는 본질적으로 우리의 혈족이 될 수는 없었다. 오랜 세월이 지나도록 그는 평원지방을 그리워했고, 그곳에서 축적되고 있는 사람들의 지혜에 대한 애착을 버리지 못했다. 그 때문에 평원지방에서 그 비법을 가져온 '사제자의 물'에 항상 취해 살던 그는 결국 어느 폭풍우 치던 밤 동굴 앞 벼랑에서 떨어져 죽었다.

그런데 그가 떨어져 죽은 날 몹시 슬피 운 나의 딸이 있었다. 가엾게도 그 애는 결국 그 슬픔을 이기지 못한 채 임신 중이던 사내아이를 낳자마자 죽었다. 그 사내아이가 바로 네 아버지다. 그러나 그는 왠지 한 번도 가보지 못한 아버지의 고향을 동경하다가 어느 날 훌쩍 떠나버렸다.

나는 그 애가 떠남으로써 우리 혈족에서 그 핏줄은 사라진 걸로 생각했다. 하지만 너희들이 있었다. 일찍이 평원으로 떠나버린 '큰 목소리'와 너, 어떤 경로인지는 모르지만 너희들의 핏줄을 도는 것은 분명 그들의 피다."

"그렇다면 위대한 어머니, 제가 초원으로 내려가려 한 것은 당연한 일이군요."

"그렇지 않다. 그곳은 네 큰아버지 혹은 네 아버지의 고향은 될지라도 너의 고향은 아니다. 사람은 항상 자기가 태어난 땅을 그리워하게 되어 있고, 네가 태어난 곳은 이곳이다. 만약 네가 평원으로 내려가게 된다면 너는 네 큰아버지나 아버지가 시달렸던 것과 똑같은 향수에 시달리게 될 것이다."

"아닙니다. 저를 평원지방에 내려가게 내버려두십시오. 이곳에서 저를 기다리는 것은 '손의 동굴'과 치욕스런 고기뿐입니다."

"아들아, 나를 보아라. 너는 흰 머리칼과 골 깊은 주름을 단순히 세월이 할퀸 자국으로 보느냐? 거기다가 나는 지금 듣고 있다. '큰 목소리'가 돌아오는 발짝 소리를, 아니 그 이상 부근 어느 숲을 배회하는 그의 숨소리를. 나를 믿고 그를 기다려라. 그리하여 그가 돌아오면 너희들은 날을 받아 '신비의 동굴'로 가라. 그곳이야말로 진작부터 너희들이 있어야 할 곳이었다."

갑자기 동굴 입구가 환해진 것 같은 느낌에 그는 다시 현
실로 돌아왔다. 요란스럽던 빗소리도 멎어 있었다. 그는 동굴
어귀로 나가보았다. 햇살이 눈부셨다. 동굴 아래로 빗물에 씻
긴 신록이 싱싱하게 펼쳐져 있었다. 해는 중천에서 뜨겁게 이
글거렸다.

동굴 안으로 돌아간 그는 간단하게 요기를 하고 밖으로 나
갈 채비를 했다. 비가 개었으니 소를 채색할 안료(顏料)를 구하
러 나갈 작정이었다. 그리고 마지막으로 들소를 한 번 더 세밀
하게 관찰해 볼 필요가 있었다.

석회암 암벽을 타고 내리면서 그는 심한 현기증을 느꼈다.
전에는 제법 훌륭한 통로가 있었으나 '뱀눈'과 그의 패거리가
이곳을 버리면서 허물어버렸기 때문에 어려움은 더 컸다. 그
가 간신히 계곡으로 내려섰을 때 온몸은 땀으로 젖어 있었다.

그는 기억을 더듬어 붉은색과 노란색을 얻을 수 있는 '신비
의 주토'가 있는 골짜기를 향했다. 몇 번이나 길을 잃고 헤맨 끝
에 그는 그 흙을 찾아냈다. 그리고 부근의 숲에서 바이올렛 빛
을 얻을 수 있는 수액도 구했다. 윤기 있는 흑색을 내는 이탄

을 얻으려면 봉우리를 하나 더 넘어야 했지만, 수지(樹脂)에 검
댕을 개어 쓰기로 하고 그는 그곳을 떠났다.

동굴로 돌아오는 길에 그는 다시 '금지된 계곡'을 들렀다. 벼
랑의 돌출한 화강암 위에 올라가면 가까운 거리에서도 안전하
게 짐승들을 관찰할 수 있는 곳이었다. 늙은 스승이 예전에 곧
잘 하던 것처럼 그도 그 바위에 배를 붙이고 그 아래 계곡을
내려다보았다.

혈족들의 근거지가 부근이었을 적에도 일종의 신성한 구역
으로 접근이 금지되던 그 계곡에는 잘 마르지 않는 샘과 소금
기 머금은 바위가 있어 항상 크고 작은 동물들이 드나들었다.

그가 보고 있는 동안에도 몇 마리의 영양이 물을 마신 후
바위의 소금기를 핥고 지나갔다. 다음의 새끼를 거느린 사슴
한 쌍, 들소는 상당히 기다린 후에야 나타났다. 암컷 세 마리
를 거느린 거대한 수컷이었다.

그는 숨을 죽인 채 소들을 관찰했다. 그들은 물을 마시고 소
금기를 핥은 후에도 유유히 주변을 배회하며 신선한 풀을 뜯
었다. 그런 그들을 발굽에서 뿔끝까지 터럭 하나 놓치지 않겠
다고 살피고 있는 그의 가슴은 들소와 대면했던 지난날의 그
어느 때보다도 세차게 뛰고 있었다.

그때는 기껏 고기와 가죽을 얻기 위해서였지만 이제는 네 존재 자체이다. 이제 나는 너를 나만의 선과 색으로 영원히 잡아두고자 한다. 누구에게 바쳐지는 것도 아니고 영력(靈力)을 얻기 위해서도 아니다. 가장 가치 있는 것의 화체(化體) 바로 그림 자체를 위해서이다…….

그가 들소에게 몰두해 있는 사이에 햇살은 점점 기울고 있었다. 그와 함께 그의 몸을 오르내리던 신열이 조금씩 고통으로 변해 갔다. 그는 벌써 며칠 전부터 그런 증상을 경험하고 있었다. 이제 그 고통은 내일 날이 밝아야 없어질 것이었다.

갑자기 한 줄기 서늘한 바람에 그는 심한 재채기가 났다. 그러자 놀란 소들이 그가 있는 벼랑 쪽을 노려보았다. 하지만 공격할 만한 곳이 못 된다고 판단된 듯 몇 번 위협적인 콧김을 내뿜더니 어슬렁거리며 숲 속으로 사라져버렸다. 몹시 기분이 상했다는 듯한 걸음걸이였다.

동굴로 돌아온 그는 서둘러 준비해 둔 관솔가지에 불을 붙이고 동굴 벽에 돌출한 바위 위로 올라갔다. 손만 뻗으면 천장의 들소 그림에 닿는 곳이었다. 그는 근처의 바위 틈새에 불붙은 관솔가지를 꽂고 그 불빛에 의지해 방금 보고 온 들소의 모습을 천장 벽에 옮기기 시작했다. 채색을 하기 전의 마지막 마무리 작업이었다. 어렴풋한 윤곽으로만 떠올라 있던 소는 수지에 갠 검댕으로 점차 선명한 형태를 이루었다. 날카로운 눈으로 전방을 응시하며 앞다리에 힘을 모은 수소였다.

소묘가 완성되자 그는 잠시 그 소를 들여다보았다. 문득 자기에게 덮쳐오던 엄청난 생명력이 사라져버린 것 같은 느낌에 불만스러웠다. 아마도 정지된 자세 때문인 것 같았다. 그것을 보충하기 위해 그는 엉덩이 쪽을 더 살리고 뒷다리를 앞으로 약간 굽게 했다. 질주해 오다가 우뚝 멈추어 선 것 같은, 약간의 생동감이 살아났다.

그때 관솔가지가 다 타서 불이 꺼져버렸다. 바닥으로 내려와 새로운 관솔가지를 찾아든 그는 거기에 불을 붙이려다가 곧 단념했다. 그림을 그리는 동안 잊고 있었던 그 오한과 신열이 거대한 피로와 함께 갑작스레 그를 짓눌러왔다.

그는 간신히 모닥불만 보살피고 그 곁에 쓰러지듯 누웠다. 오후 동안 너무 무리했던 모양이었다. 식량은 아직도 좀 남아 있었지만 식욕은 조금도 일지 않았다. 무엇인가를 먹어두어야겠다고 생각하면서도 그는 곧 혼절하듯 깊은 잠 속으로 떨어졌다.

그가 이 '신비의 동굴'로 옮겨와 보낸 처음 얼마간은 역시 음울하고 외로운 것이었다. 위치도 그들 혈족의 주된 근거지로부터 상당히 떨어져 있었지만, 그곳의 일상은 더욱더 격리되어 있었다. 며칠 만에 한 번씩 공급되는 식량을 제외하면 혈족들과의 교류는 거의 없었다. 여자들과의 동침도 극히 제한돼 있었다. 한 해에 단 두 번, 그것도 지정된 정화의식(淨化儀式)을 마친 여인과의 동침이 허락될 뿐이었다.

그러나 조금씩 그 생활에 익숙해지면서 '신비의 동굴'은 다른 어떤 곳보다 만족스러운 곳이 되어갔다. '늙은 스승'들은 침울하고 엄격하였으며 수련도 상당히 까다로운 것이었지만, 그 방식은 전혀 달랐다. 몇 개의 큰 원칙만 가지면 각자의 성취는 거의 자유였다. 바쳐지는 고기도 맛나고 기름졌으며, 축제 때 그들에게 지정되는 좌석도 언제나 용사들보다 높았다. 여인들도 더 이상은 경멸의 눈길로 보지 않았다. '초원의 꽃'조차도.

거기다가 '위대한 어머니'의 예언대로 돌아온 '큰 목소리'는 곧 그의 중요한 동료로서 그 생활의 권태와 고독을 달래 주었다. 그가 전해 주는 평원지방은 그에게는 감탄과 경이였다. 그곳의 풍요한 생활과 발달한 지혜는 그의 좌절된 동경을 다시 불붙이기에 충분했다. 그러나 그런 것을 표현하기만 하면 '큰 목소리'는 싸늘한 경멸의 눈길로 그를 보았다. '큰 목소리'는 무언가 평원지방과 그곳의 생활에 대해 깊은 원한과 악의를 가진 것 같았다.

언젠가 그는 그 이유가 궁금해서 물어본 적이 있었다. 그때 '큰 목소리'는 이렇게 말했다.

"왜냐고? 네가 이해할진 모르지만 대답은 해주지. 나는 거기서 무섭게 타락하고 변질해 가는 인간들을 보았기 때문이야."

그 목소리는 매우 강렬하면서도 엄숙한 것이었다.

"나는 거기서 매우 불길한 조짐을 보고 왔어. 권력이…… 인간이 인간을 명령하고 강제하고 학대할 수 있는 힘이 발생하고 있었어. 몇몇 힘세고 영리한 소수가 조직과 폭력으로 어리석고 약한 다수의 동료 위에 군림하려고 획책하고 있었어. 아무런 반대급부 없이 동료의 생산을 빼앗고 대가 없는 노동을 강제하려고 했어. 아니 그 이상 생명조차도 그들을 위해 바쳐주기를 강요하고 있었어. 그리고 그렇게 해서 축적된 힘으로 동족인 인간들을 사냥하기 시작했어. 호랑이나 곰도 동족을 사냥하지는 않아. 혹 그들은 서로 싸워도 상대의 생명까지 끊는 법은 없어. 그러나 이들 영악한 인간들은 가혹하게 동족을 살해

하고 살려두는 자도 죽는 것보다 못한 상태에 빠뜨렸어. 그런데 그런 싸움이 그 땅 어디선가 매일 벌어지고 있었어. 하늘의 진노보다 더 무서운 재앙이야.

또 나는 보았어. 우리의 목소리가 치명적으로 타락하고 악용되는 것을. 신화는 함부로 만들어지고 용자(勇者)나 영웅은 조작되었어. 자연이나 위대한 정령에게 바쳐지던 노래는 이제 그들 강하고 영악한 자들을 위해 불려졌어. 예언도 끝나버렸어. 저 하늘의 목소리는 더 이상 그들에게 닿지 못하고 땅 위를 떠도는 것은 언제나 그들이 꾸며낸 거짓말과 깨어지게 되어 있는 약속뿐이었어. 그들이 자기들의 압제와 폭력에 복종하는 대가로 약속하는 것은 항상 보다 풍부한 식량과 안락한 주거였지만 한 번도 이행되는 것은 보지 못했어. 혹 이행되어도 그것은 보다 큰 복종과 희생을 요구하기 위한 미끼에 지나지 않았어…….

거기다가 더욱 나쁜 것은 그런 권력이 점점 더 소수의 사람에게 몰리는 경향이야. 나는 실제로 그곳에서 겪은 적이 있어. 단 한 사람을 위해 수천 수백의 사람들이 피를 쏟고 땀 흘리는 땅을. 생각해 봐, 그 땅이 얼마나 끔찍한 땅일까를."

그렇게 말하는 '큰 목소리'의 눈에는 늙은 스승들 못지않게 번쩍이는 예지가 있었다.

"그뿐만 아니라, 그곳에서는 벌써 네 것과 내 것이 엄격하게 구분되고 있었어. 우리가 한 끼의 몫을 배당받는 것으로는 언뜻 이해할 수 없는 소유야. 그들은 필요한 시기와 범위를 넘어서 자기의 낟알과 고기와 가축을 가졌고, 동굴이나 움막, 심지어는 땅 위에다 금을 그어 네 것과 내 것을 구분했어.

너는 그것이 왜 그렇게 심각한 것인가를 모를 테지만, 생각해 봐. 한 사람의 동굴에선 고기와 낟알이 썩어가고 있는데 한편에서는 굶어 죽는 동료가 있다면 이 땅 또한 얼마나 끔찍한 것일까를. 물론 많이 가진 자는 가지지 못한 자를 게으름뱅이나 무능한 자로 비난해. 그리고 자기들의 근면과 인내를 과장함으로써 그 불평등을 합리화하려고 들지. 그러나 아니야. 몇몇을 제외하면 그들의 그 막대한 소유는 우연한 행운이나 비열한 수단, 또는 탈취에서 출발한 거야. 예컨대 우연히 열매가 풍부한 숲을 홀로 알게 되었거나 동료를 속였거나 힘으로 빼앗아 그걸 바탕으로 삼은 거야.

어쨌든 그들이 한 번 여분을 확보하자 그 뒤는 더욱 나빴어. 소유는 탐욕을 부르고, 거기서 결국 내가 말한 그런 끔찍한 결과로 발전해 간 거야.

나는 실제로 한 바구니의 과일을 꾸어 먹고 두 바구니를 갚아야 하는 경우를 보았어. 한 번 꾼 자는 부지런히 따 모아도 빚을 갚고 나면 여전히 아무것도 남지 않지만 빌려준 자는 여분을 한 바구니에서 두 바구니로 만들었어. 그리고 그 다음 날은 네 바구니로 불어날 거야. 또 나는 가지지 못한 자를 고용해서 한 바구니를 삯으로 주고 두 바구니를 따들이게 하는 경우도 보았어. 결과는 꾸어 먹은 경우와 비슷했어. 불행하게도 처음 뒤떨어진 자는 영원히 가진 자를 따라잡을 수 없게 돼."

　거기서 '큰 목소리'는 문득 침울하게 가라앉았다.

　"결국 — 나는 그런 것들을 견딜 수 없었어. 그들의 지식은 축적을 거듭하고 도구의 발전도 놀라운 것이었지만 그런 발전의 방향은 도무지 용서할 수 없었어. 그런데도 진실로 우려되는 것은 그런 그들의 제도와 습속이 광범위하고 급속하게 전파되는 경향이야. 내가 이 골짜기의 정령이 나를 부르는 소리를 들은 것은 바로 그 우려 속이었어. 돌아와 그것들이 우리들의 계곡과 혈족을 오염시키지 못하도록 지키라는 거였어……."

　그런 '큰 목소리'의 얘기는 그로서는 생소하고 이해할 수 없는 데가 많았다. 다만 막연히 느껴지는 것은 어쨌든 '큰 목소리'의 관찰이 옳으리라는 것, 그리고 '큰 목소리'는 자기보다 하늘에 접근해 있으며 그가 들었다는 그 명령도 진실하리란 것 정도였다.

그 밖에 그렇게도 치열했던 '초원의 꽃'에 대한 애집(愛執)을 어느 정도 진정시킬 수 있었던 것도 '큰 목소리'의 냉소에 찬 빈정거림이었다. 그가 그녀를 향한 견딜 수 없는 그리움을 호소했을 때 '큰 목소리'는 이렇게 말하였다.

"너는 그녀에게서 완전한 아름다움의 한 전형을 보았다고 생각하고 그 목소리에 천상의 가락이 섞여 있다고 말했다. 하지만 그것은 슬프게도 네가 여인의 몸을 빌려 태어났기 때문에 품게 된 환상에 불과하다. 네가 말한 그런 여인은 이 세상에는 없어. 네가 품고 있는 환상은 따뜻하고 평온한 어머니의 배 속이나 어쩌면 그 훨씬 전에 느꼈던 어떤 상태의 희미한 기억에 불과해. 그녀는 다만 한 마리 사람의 암컷일 뿐이야. 자기의 욕망과 이익에 충실한. 세상의 어떤 여인도 너의 환상을 채워줄 수는 없어……."

혼수상태에서도 나지막이 고막을 찢어오는 동물의 울음소리에 그는 본능적으로 눈을 떴다. 동굴 입구의 어둠 속에서 몇 쌍의 새파란 빛이 번득이고 있었다. 그는 오싹한 한기를 느끼며 모닥불을 살펴보았다. 불은 그새 약하게 사그라들고 있었다. 그는 곁에 던져져 있던 도끼를 단단히 잡고 왼손으로 조심스레 불꽃을 되살리기 시작했다. 불은 다시 밝고 뜨겁게 타올랐다. 그제서야 어슬렁거리며 물러가는 짐승들이 보였다. 서너 마리의 늑대였다.

그는 불붙은 나뭇가지를 들어 그런 그들에게 집어던졌다. 기세에 놀란 짐승들은 낑 하는 얕은 울음소리와 함께 황급히 달아나버렸다. 늑대가 사라지자 다시 신열과 오한이 번갈아 왔다. 전날 밤보다 훨씬 강도 높은 것이었다. 간신히 입구쪽에다 모닥불 하나를 더 만든 그는 다시 쓰러지듯 두 개의 모닥불 사이에 누웠다. 견딜 수 없는 고통 속에서 문득 '큰 목소리'의 모습이 떠올랐다. 그러자 '큰 목소리'가 몹시 그리워졌다. 그리고 누구를 위한 것인지 모를 눈물이 한 줄기 그의 볼을 타고 내렸다.

두 늙은 스승이 차례로 세상을 떠나고 그들이 이 동굴의 주인이 된 것은 성년식이 있고 열한 번째의 해, 그리고 그들이 사제자의 수업을 시작한 지 여덟 해째의 겨울이었다.

먼저 '장엄한 목소리'가 세상을 떠나고, 그로부터 채 두 달도 못돼 '영험한 손'마저 자는 듯 숨을 거두었다. 그 겨울이 다 가기도 전의 어느 새벽이었다. 그들은 그 사실을 곧 산 너머 혈족들에게 알리고, 그들 자신이 한 완숙한 사제자로서 스승들의 유해를 양지바른 곳에 모셨다.

그런데 '뱀눈'과 '달무리'가 그들을 찾아온 것은 바로 그날 밤이었다. 그들은 훌륭한 고기와 과일들을 손수 메고 왔다. 그리고 '뱀눈'은 말했다.

"슬픔은 잠시지만, 앞으로 우리가 살아야 할 세월은 길다. 이제 그들이 떠났으니 남은 것은 우리들의 시대다. 우리는 그것을 준비하지 않으면 안 된다.

나는 알고 있다. 애초에 하늘의 목소리라는 것은 없고, 또 우리가 천 번 만 번 이 동굴 벽에 짐승들을 그린들 실제로는 그들의 터럭 하나 다치지 못한다는 것을. 그러나 또한 알고 있다. 너희들과 이 동굴은 조상들 중 가장 현명하고 사려 깊은 분이 생각해낸 유용한 제도와 장치라는 것을. 즉 하늘의 목소리에 자기들의 뜻을 가탁(假託)함으로써 그들은 쉽게 혈족들의 의사를 자기들이 원하는 방향으로 통일할 수 있었고 그림이 가진 어떤 힘을 신뢰하게 함으로써 혈족의 전사를 용감하고 자신 있게 만들 수 있었던 것이다.

이제 혈족들을 이끄는 것은 우리들의 세대다. 나와 몇몇 동지들은 모든 용사들에게서 신뢰와 존경을 얻기에 충분한 힘과 용기를 보였었고, 너희들은 이 동굴의 주인이 되었다. 남은 것은 너희들의 목소리나 그림과 우리들의 뜻을 일치시키는 일이다.

우리를 신뢰해 달라. 우리에게 협조해 달라. 대신 나와 내 충실한 동료들은 약속한다. 앞으로 너희들은 지금껏 받은 그 어떤 대우보다 나은 대우를 받게 될 것이다. 혈족들은 그 어느 때보다 너희들을 우러르게 될 것이고, 이 동굴은 언제나 최상의 고기와 과일로 가득 차게 될 것이다.”

사실 그는 ‘뱀눈’의 제안이 무엇을 뜻하는지 금세 알아들을 수 없었다. 다만 하늘의 목소리를 부정하는 그의 불경(不敬)만이 섬뜩할 뿐이었다. 그러나 '큰 목소리'는 ‘뱀눈’의 뜻을 속속들이 이해한 것 같았다. 그는 잠깐 동안 생각에 잠기더니 평소처럼 침착하게 대답했다.

“하늘의 목소리와 인간의 목소리를 구분하는 것은 무익하다. 아무리 하늘의 목소리라 할지라도 그것이 우리 혈족의 희생을 요구하고 불리를 가져온다면 나는 그것을 전하지 않을 것이다. 또 비록 그것이 인간의 뜻일지라도 우리 혈족의 이익과 일치하고 자연의 원리에 합당한 것이라면 나는 그 어느 때보다 크고 아름다운 목소리로 노래해 줄 것이다. 너의 제안에 대한 우리들의 대답은 오직 그뿐이다."

그 말을 들은 '뱀눈'은 잠시 날카롭게 '큰 목소리'를 쏘아보았다. 그러나 이내 교활한 미소를 지으며 '큰 목소리'에게 다가와 두 손을 잡았다.

"나의 뜻 역시 그 이상도 그 이하도 아니다. 훌륭한 사제자를 맞게 돼 기쁘다."

'뱀눈'은 마치 그들이 자신의 제안을 전폭적으로 수락한 것처럼 말했다.

그 후 모든 것은 '뱀눈'의 약속대로 이행되었다. 전보다 훨씬 많고 질 좋은 고기와 과일들이 그들의 동굴로 보내졌고, 흰 수달이나 꽃사슴의 가죽으로 지은 화려한 제복(制服)이 올라왔다. '큰 목소리'가 기어이 물리치고 말았지만 아름다운 아내들이 보내지기도 하였다.

그는 처음에는 감사와 기쁨으로 모든 것을 받아들였다. 그리고 그런 감정의 반복은 곧 자신도 모르게 그것들을 보내준 '뱀눈'에 대한 희미한 복종감으로 변질돼 갔다. 그런 그를 '큰 목소리'는 노골적인 경멸로 대하면서도 자신은 왠지 불안에 쫓기는 표정이었다.

그때쯤 '뱀눈'은 다시 그들의 동굴을 찾아왔다. 그 겨울이 끝나고 잎 돋는 달이 돌아온 지 얼마 안 돼서였다. 그해에 있을 혈족의 중요한 행사가 결정되는 새봄의 축제가 사흘을 남기고 있었다. '뱀눈'은 그들의 복종을 거의 확신하고 있는 듯했다.

"약속의 날이 가까워 온다. 우리들은 이제 우리들의 혈족을 가장 강력하고 풍요한 집단으로 만들고 싶다. 모든 형제와 처들을 굶주림과 목마름의 공포에서 구하고자 한다.

나는 너희들을 통해서 하늘의 소리가 전해지기를 바란다. 너희들은 조직하고 축적하라. 최고의 결정은 최상의 인물에게, 각자에게는 각자의 분(分)을.

그리고 또한 너희들의 그림을 통해서 길들여진 소와 영양이 우리에게 풍부한 고기와 젖을 주고 가꾸어진 낟알이 우리 동굴에 가득한 것을 보여주고 싶다. 나는 불확실한 수렵과 소득 적은 채취에서 우리 혈족을 해방시키고자 한다⋯⋯."

그는 그런 '뱀눈'의 제안을 별 경계 없이 받아들였다. 그러나 '큰 목소리'는 원인 모를 침묵으로 '뱀눈'을 대했다.

"결국 우리에게도 올 것이 왔어⋯⋯."

'뱀눈'이 떠나자 '큰 목소리'는 침울하게 중얼거렸다.

"그래 결국 이것이 우리가 반드시 걸어야 할 길인가……."

'큰 목소리'는 무언가 큰 혼란과 초조에 빠져 있는 것처럼 보였다. 골똘한 생각으로 끼니조차 잊고 잠도 자지 않았다. 흔들리는 자신의 신념을 애써 붙들려는 노력인 것 같았다. '큰 목소리'가 다시 입을 연 것은 바로 새봄의 축제가 벌어지는 날 새벽이었다.

"나는 하늘의 목소리를 들었다. 인간의 의지로 자작된 것이 아닌 진정한 하늘의 목소리를……."

깊은 잠에서 억지로 깨난 그에게 '큰 목소리'는 빠르고 흥분된 어조로 말했다.

"그 목소리는 말하였다. 우리들은 어떠한 형태로든 인위적으로 조직되어선 안 된다고, 아무리 훌륭한 대의와 현명한 원리로 이루어지더라도 조직은 필경 그 조직을 꾸민 자 또는 원하는 자의 이익에 봉사하게 되어 있다고. 또한 그 목소리는 경고하였다. 조직은 반드시 의사의 위임을 요구하며, 결정권의 집중을 가져올 것이라고. 거기서 반드시 한 수장(首長)이 태어나며, 처음 그는 '동배 중의 으뜸'으로 출발할 것이지만 이윽고는 도전할 수 없는 절대자로 우리들 위에 군림하게 되리라고.

각자의 분과 그 축적에 대해서도 그 목소리는 엄격하게 선언하였다. 각자의 분은 필요한 때와 한도 내에서만 인정돼야 하며, 어떠한 명목으로든 그 여분을 각자의 배타적인 지배 아래 축적되게 해서는 안 된다고. 축적된 여분은 먼저 그 소유자를 지배하고, 이윽고는 우리들의 대다수를 지배하게 되리라고."

그렇게 말하는 '큰 목소리'의 두 눈은 불면과 기묘한 열정으로 충혈되어 있었다.

"그리고 나는 또 이 눈으로 그 생생한 계시를 보았다. 일찍이 내가 평원지방에서 겪었거나 예감했던 것보다 몇 배나 끔찍한 그 실례를.

그 하나는 거대한 인간의 산이었다. 맨 위에 한 사람이 서 있었고, 그를 세 사람이 받들고 있었는데, 또 그 세 사람은 아홉 명이 지탱하고 있었다. 그 아래에는 또 그 세 배의 사람이 떠받들고…… 그런데 아래로 내려갈수록 한 사람이 감당하는 무게는 늘어갔다. 왜냐하면 첫 번째 층에서는 세 사람이 하나를 지탱하면 되지만, 두 번째 층에서는 아홉 사람이 네 사람을, 그 다음은 스물일곱이 열셋을, 그 다음은 여든 하나가 마흔 명을 지탱해야 하기 때문이었다. 그러다가 겨우 한 사람이 간신히 지탱할 수 있는 곳에서 그 사람의 산은 끝나 있었다. 아니 그 이상 벌써 그 산의 하부는 휘청거리고 흔들거리고 있었다. 다만 그 산이 형태를 유지하는 것은 바로 위의 계층에서 아래 계층에 끊임없이 휘두르는 채찍의 아픔 때문이었다.

그런데도 한 가지 이상한 것은 위로 올라갈수록 사람들은 자기가 위험한 구조물 위에 서 있다는 것을 모르고 있다는 점이었다. 아마도 중간 계층의 완충작용으로 최하부의 동요와 비틀거림을 모르는 것 같았다. 그러나 그 사람도 그 산이 무너질 경우 가장 치명적으로 상하는 것은 자기라는 자각만은 가지고 있어, 그 막연한 불안 때문에 끊임없이 채찍을 휘둘러댄다. 그 산이 그대로 지탱하든 무너져내리든 얼마나 끔찍한 일이냐…….

지천으로 쌓인 고기와 낟알 곁에서 굶어 죽어가고 있는 동료들과 산더미 같은 털가죽 더미 속에서 벌거벗은 채 떨고 있는 동료들, 한 줌의 낟알을 위해 자기의 마지막 한 방울의 힘까지 짜내 이미 가진 자를 더 많이 가지게 해주어야 하는 불행한 형제들과 한 토막의 고기를 위해 아무 곳에서나 웃으며 다리를 벌려주어야 하는 불행한 자매들 — 그 필요의 시기와 범위를 벗어난 '각자의 분(分)'이 가져온 결과도 나는 생시처럼 똑똑히 보았다.

설령 내일 밤 이 동굴에 날아드는 것이 날카로운 '뱀눈'의

219
. . .
들소

창칼일지라도 나는 남의 불행과 손해 위에서 추구되는 그들의
행복과 이익을 승인할 수 없다. 다수의 고통과 결핍 위에서 구
가되는 풍요와 안락을 용서할 수 없어…….

나는 내일 나의 혈족들에게 내가 들은 이 목소리와 내가 본
환영을 전할 것이다. '뱀눈'과 그의 패거리가 약속하는 미래의
진상을 폭로하겠다."

하지만, 솔직히 말해서 '큰 목소리'의 그런 걱정은 광기와 기
우로밖에는 느껴지지 않았다. '뱀눈'의 그 간단한 요구와 그 끔
찍한 결과는 머릿속에서 선뜻 연관 지어지지 않았기 때문이었
다. 오히려 은근히 불안스럽던 것은 '큰 목소리'의 그런 엉뚱한
결정으로 인해 자기들이 누려온 지위와 혜택을 잃게 될지도
모른다는 것이었다.

거기서 다시 그는 현실로 돌아왔다. 문득 어두운 그 동굴 어
느 모퉁이에서 금세 '큰 목소리'가 불쑥 솟아날 것 같았다. 그
가 들었던 것은 정말로 하늘의 목소리였을까. 그에게 나타난
환영도 정말로 어떤 위대한 정령이 보여준 계시였을까.

그러자 갑자기 '큰 목소리'의 끔찍한 최후가 떠올랐다. 비통
하게 절규하듯 들려오던 마지막 목소리. 그리고 끔찍하게 그

을린 시체.

　…… 그들이 처음으로 주재하게 된 제일(祭日)이 왔다. 규모
와 준비가 그 어느 때보다 크고 풍성했다. 그런데 한 가지 눈
에 띄는 변화는 '위대한 어머니'와 나이 든 큰아버지들의 역할
이 대폭 줄어든 것이었다. 그들은 전처럼 앞에 나서서 축제를
주관하지도 않고, 분배를 지휘하지도 않았다.

　그 대신 모든 것은 '뱀눈'과 그의 패거리를 중심으로 이루
어지고 있었다. 혈족의 젊고 늙은 남녀 모두가 '뱀눈'의 눈치를
살피고 그 패거리의 비위를 맞추기 위해 애쓰는 빛이 역력했
다. 특히 그 절정은 젊은 남녀들의 춤과 노래가 어우러진 자리
였다. '뱀눈'의 비호 아래 사냥에 나서지 않고도 익살과 재담만
으로 용사들 틈에 남아 있던 '얘기꾼'은 거기서 장황하게 '뱀눈'
의 신화를 읊었고 그를 칭송하는 노래를 불렀다. 그것도 조상들
의 영혼에 바쳐질 때와 같은 장중한 어조와 신성한 말[言語]들
로. 그러나 춤추는 남녀는 모두 환호와 열광으로 '얘기꾼'의 노
래에 화답할 뿐이었다.

　그 새벽 '큰 목소리'의 영향으로 의혹과 혼란에 빠졌던 그도
차츰 그런 분위기에 동화돼 갔다. 거기다가 바로 그 '뱀눈'이 영
광스럽게도 그들의 자리를 자기와 나란히 안배해 놓았을 때는

은근한 감격까지 맛보았다. 그래서 그는 자기 차례가 왔을 때 아무런 저항감 없이 '뱀눈'과 그 패거리가 원하는 것들을 그려 주고 말았다. 길들인 가축과 재배된 낟알에 대한 동경을, 그것을 획득하는 것이 혈족을 강력하고 풍요하게 만들리라는 신념을 하늘의 뜻으로 표현해 준 것이었다.

그러나 그런 그를 시종 분노의 눈으로 노려보던 '큰 목소리'는 자신의 차례가 돌아오자 단번에 그런 분위기를 흩뜨려버렸다. '큰 목소리'는 하늘의 뜻을 빌어 혈족 안에서 나타나고 있는 불길한 조짐을 지적하고 그 끔찍한 결과를 경고했다. 그리고 맞대놓고 '뱀눈'의 음모를 공격하고 그 패거리를 비난했다.

'큰 목소리'가 말하고 있는 동안에 몇몇 성미 급한 '뱀눈'의 패거리가 들고 일어났다. 그들은 금세 '큰 목소리'를 덮칠 기세였다. 그러나 많은 혈족들의 눈에 은은히 타오르는 분노의 불길을 깨달은 '뱀눈'의 제지로 소동은 이내 가라앉았다. '뱀눈'의 강력한 힘에도 불구하고 아직도 혈족의 대다수는 사제자를 신뢰하고 그 권위를 소중히 여기고 있었다.

그걸 보고 그는 너무 쉽게 '뱀눈'에게 굴복한 것이 약간 후회스러웠다. 그러나 일단 밤이 오자 그런 기분이 깨끗이 사라지고 말았다. '뱀눈'은 실로 그를 위해 최선의 배려를 베풀고 있었다. 그에게 '초원의 꽃'을 보내줄 만큼 세심한 배려였다. '뱀눈'에게서 어떤 지시를 받고 왔던지 그녀도 그 밤은 그야말로 헌신적이었다. 그는 당연히 그들에게 바쳐질 그 밤의 모든 특혜를 물리치고 신비의 동굴로 돌아가버린 '큰 목소리'가 마음에 걸렸지만 이내 그녀의 향긋한 체취와 뜨거운 입김 속에 모든 걸 잊고 말았다.

그런데 이튿날 그가 '신비의 동굴'로 돌아갔을 때 '큰 목소리'는 피투성이가 되어 쓰러져 있었다. 놀란 그가 깨끗한 물로 상처를 씻고 '사제자의 물'을 입술에 흘려 넣자 '큰 목소리'가 간신히 깨어났다. 잠시 분노와 경멸의 눈초리로 그를 노려보던 '큰 목소리'는 씹어뱉듯 말했다.

"'뱀눈'의 개."

일 없이 사람들 주위를 배회하며 남긴 찌꺼기나 배설물에 눈독을 들이는 그 비굴하고 천박한 짐승에 그를 비유하는 것은 대단히 모욕이었다. 그러나 '큰 목소리'의 상처는 너무도 엄중했다.

"너를 보고 이번엔 나를 찌르라고 하더냐?"

간신히 그렇게 말한 후에 '큰 목소리'는 다시 의식을 잃고 말았다. 갑작스런 죄의식에 빠져 그는 그 후 이틀 동안 극진하게 '큰 목소리'를 보살폈다. 다시 깨어난 '큰 목소리'의 분노와 경멸은 어느 정도 가라앉은 듯했다. 그걸 보고 그는 조심스레 말했다.

"오해하지 마라. 솔직히 말해서 나는 네 말을 잘 이해할 수 없었다. 거기다가 우리가 어른들로부터 권유받아 온 남자들의 품성 가운데 하나는 약속은 지켜야 한다는 것이었다. 비록 우리가 제안한 것도 아니고 명백히 답을 한 적도 없지만 우리가 '뱀눈'과 그의 패거리가 보낸 고기를 받아들임으로써 무언의 약속이 이루어졌다고 나는 생각했다."

궁색한 변명이었다. 그러나 뜻밖에도 '큰 목소리'는 그의 변명을 차분한 어조로 수긍했다.

"나는 너의 비굴이 미웠다. 그러나 이제 그것이 비굴이 아니라 무지(無知)였던 이상 너를 미워할 까닭은 없다.

너는 그들에게 협조한 이유를 약속 때문이라고 했지만 진실로 약속을 어긴 것은 바로 너였다.

너는 우리가 받은 고기를 '뱀눈'과 그의 패거리가 보낸 것이라고 생각했다. 하지만 아니었다. 그 고기는 비록 그들의 이름으로 보내졌지만 실은 우리 혈족 모두의 것이다. 우리가 이 동굴에서 몽상에나 잠기고 숯덩이나 매만지고 있는 동안 피땀 흘리고 산야를 달린 혈족 모두의.

그러므로 내가 노래를 부르는 것이나 네가 그림을 그리는 것이나 그것은 모두 우리 혈족 전체를 위한 것이어야 한다. 힘 있고 많이 가진 자를 위해 부르는 노래는 진정한 노래가 아니고 그들의 욕망을 표상하거나 주거를 장식해 주는 그림 또한 진정한 그림일 수 없어. 우리는 저 천상의 기억을 — 아니 우리의 예지가 닿는 한의 가장 완성된 세계의 이상을 혈족 모두를 위해 간직해야 하며, 우리의 영감에 와닿는 불길한 징후는 아무리 사소한 것일지라도 그것을 경고해 주어야 한다. 그것이야말로 우리가 거부할 수 없는 약속이며, 자기들의 시선은 항시 먹이를 찾아 지상에 박혀 있으면서도 우리로 하여금 저 먼 하늘나라와 그 희미한 기억에 시선을 줄 수 있게 보살펴준 혈족들에 대한 보답이다. 그런데 너의 무지는 어겨서는 안 될 그 약속을 어겨버렸다……."

숨이 가쁜 듯 거기서 말을 멈춘 '큰 목소리'는 잠시 그를 찬찬히 살폈다.

"거기다가 네가 나의 맘을 이해하지 못했다는 것은 더욱 유감이다. 하지만 어쨌든 너는 나의 동료다. 나의 예감을 믿어다오. 우리가 힘써 불길한 변혁을 막지 못한다면 우리들 대부분은 저 평원지방에 있는 노예보다 더욱 비참하게 되리라는 것, 노동은 정당한 대가를 받지 못하고 생산은 반대급부 없이 빼앗기게 되리라는 것, 썩은 고기 더미 옆에서 굶주리게 되고, 털가죽 더미 곁에서 추워 떨게 되리라는 것을……"

그리고 다시 '큰 목소리'는 결연한 어조로 덧붙였다.

"나는 내일부터 이 동굴에서 내려가겠다. 우리의 동굴은 혈족들로부터 너무 멀고 일상은 유리되어 있다. 여기서는 그들의 변화를 감지할 수 없고, '뱀눈'과 그 패거리가 꾸미는 음모의 진전도 파악할 길이 없다. 혈족들을 경고하고 설득할 길을 찾아 이제 나는 당분간 그들 속에서 행동하겠다. 가서 끊임없이 경고하고 설득하겠다. 음모는 폭로하고 기도는 분쇄하겠다……"

그로부터 '큰 목소리'는 정말로 하루의 대부분을 동굴 밖에서 보냈다. 어쩌다 대낮에 돌아올 때가 있어도 그것은 자기 패거리들과 은밀한 회합을 하기 위해서일 뿐이었다.

의외에도 '큰 목소리'에게 호응하는 혈족들은 많았다. 그러나 그 대부분은 나이가 든 용사들이었고, 젊고 팔팔한 용사는 몇 되지 않았다. 늙은 용사들은 대개 사제자에 대한 신뢰와 존경 때문에 '큰 목소리'를 따르는 것 같았다. 거기 비해 젊은이들은 한결같이 '뱀눈'에 대한 사적인 적개심과 원한으로 모여들었다.

그 핵심이 '붉은 노을'이었다. 그는 실질적으로는 혈족의 으뜸가는 용사였다. 그의 창 솜씨는 오십 보 밖에서도 정확하게 목표의 심장을 꿰뚫을 수 있었고, 뛰어난 힘은 수사슴의 목을 비틀 만했다. 그러나 어찌 된 셈인지 실제 사냥에서 세우는 공은 언제나 보잘것없었다.

들리는 말에 의하면 '붉은 노을'이 겪는 그런 불운은 자기의 패거리에 들기를 거부한 데 대한 '뱀눈'의 조직적인 보복이라는 것이었다. 타고난 사냥꾼인 '붉은 노을'은 '뱀눈'과 그 패거리들에 의해 조작되는 공로의 분배를 본능적으로 혐오했다. 그러자 '뱀눈'의 패거리는 교묘하게 '붉은 노을'을 방해하여 사냥에서 공을 세울 수 없게 했다. '큰 목소리' 주변에 모여든 젊은 용사들 대부분의 사정도 '붉은 노을'과 비슷했다.

어떻든 '큰 목소리'의 패거리는 날이 갈수록 늘어갔다. 어떤 때는 절반 가까운 혈족의 용사들이 그 동굴에 모여 웅성거릴 때도 있었다. 그러나 그런 양적인 증가에도 불구하고 그는 왠지 그들이 하고 있는 일이 불안하였다. 특히 그런 불안은 언젠가 그들이 회합하고 있는 동굴에서 차갑게 웃으며 지나가는 '뱀눈'을 발견한 후부터 더욱 심했다.

'뱀눈'과 그 패거리도 분명 움직이고 있었다. 그러나 그들은 소리도 없고 자취도 남기지 않았다.

과연 그런 불안은 맞아들어 갔다. 어느 날 또 밖에 나갔던 '큰 목소리'가 전에 없이 침통한 얼굴로 일찍 돌아왔다.

"'붉은 노을'이 죽었어……. 어이없이 곰의 앞발에 당했어……. 창 한 번 못 쓰고……. 그런데…… 이상한 것은 죽은 그의 몸이 시퍼렇게 부어오르는 거야. 독사에 물린 것처럼. 이상해……."

그러나 그는 문득 불길한 상상이라도 쫓듯 세차게 머리를 흔들었다.

"하지만 우리의 세력은 변함이 없어. 나의 경고와 설득은 점점 혈족의 가슴 깊이 스며들고 있어. 내일은 아마도 많은 사람들이 이리로 올 거야.

거기다가 나는 그들에게 약속했어. 이리로 오는 자에게는 '뱀눈'의 것과 똑같은 창날을 주겠다고. 나는 그 질기고 단단한 돌이 있는 곳을 찾아냈거든. 나는 또 약속했어. 날카로운 이빨과 발톱이 살갗을 찢을 수 있도록 그들을 축복해 줄 것을. '뱀눈'이 부당하게 빼돌린 고기를 돌소금이 깔린 굴 속에 처박아두었다가, 필요할 때 패거리에게 나누어주듯.

그리고 또 약속했어. '뱀눈'의 음모만 막아내면 하늘과 위대한 정령의 이름으로 공이 있는 자들에게 특별한 명예와 이익을 주기로. 이 역시도 '뱀눈'에게 배운 방법이지. 두고 봐. 나는 반드시 그들의 기도를 깨뜨릴 거야."

그러나 '큰 목소리'의 장담에도 불구하고 이튿날 그 동굴에 모인 사람은 오히려 줄어 있었다. '큰 목소리'의 열변으로 간신히 가라앉기는 했지만, 모인 그들에게도 뚜렷한 동요의 기색이 엿보였다. 그리고 그날을 시작으로 '큰 목소리'의 세력은 눈에 띄게 줄어갔다. 갈수록 치열해지는 것은 오직 '큰 목소리'의 광기와 집념뿐이었다.

그런데 그때껏 모습을 드러내지 않던 '뱀눈'이 불쑥 그들의 동굴에 나타난 것은 '큰 목소리'가 거사일로 잡고 있는 '숲속 축제'를 하루 앞둔 날이었다. 이례적으로 혼자였다. 방금 몇 남지 않은 자신의 패거리와 맥 빠진 회합을 마치고 홀로 있던 '큰 목소리'는 '뱀눈'을 보자마자 성난 멧돼지처럼 덮쳐갔다. '뱀눈'은 그런 '큰 목소리'를 가볍게 동굴 밖에 내동댕이쳤다. 그리고 허리를 다쳤는지 쓰러져 신음하는 그를 차갑게 노려보고 말했다.

"네가 한 어리석고 천박한 짓은 모두 알고 있다. 어리석다는 것은 그동안 네가 한 번도 나의 눈과 귀를 벗어나지 못했다는 뜻이다. 천박하다는 것은 우리들보다 높이 있는 이 동굴에서

고고하게 하늘이나 쳐다보아야 할 사제자가 평지로 내려와서 평범한 우리보다 더 비열한 음모를 꾸몄기 때문이다.

그러나 이제 모든 것은 끝났다. 너는 실패했고 홀로 남았다. 방금 이 동굴을 나간 그 친구들도 사실은 모두 나의 눈과 귀에 지나지 않는다. 나는 손끝 하나로 너를 죽일 수도 있다. 그러나 아직은 네게 본능적인 신뢰와 존경을 품고 있는 혈족들을 위해 마지막으로 네게 기회를 주겠다.

어떻게 할 테냐? '붉은 노을'처럼 비참하게 그러나 아무도 알아주는 이 없이 죽겠느냐? 아니면 내가 주는 것으로 풍요와 안락을 누리며 협조하겠느냐?"

그런 '뱀눈'의 목소리는 섬뜩하리만큼 차갑게 가라앉은 것이었다. 잠시 '큰 목소리'의 얼굴에 고통과 굴욕의 표정이 떠올랐다. 그러나 뒤이어 나온 대답은 뜻밖의 것이었다.

"그래, 졌다. 내가 어리석었음을 시인한다. 네게 협조하마. 대신 약속은 꼭 지켜라."

역시 차갑고 가라앉은 목소리였다. 그런 그들을 지켜보고 있던 그는 안도와 함께 이상한 허전함을 느꼈다. 너무도 쉽게 꺾여버린 '큰 목소리' 때문이었다.

하지만 이튿날 의식의 차례가 '큰 목소리'에게 돌아갔을 때 그도 '뱀눈'도 속았음을 깨달아야 했다. '큰 목소리'는 여전히 자기의 주장을 하늘의 목소리에 가탁하여 되풀이했다. 그리고 그 마지막엔 더욱 격렬하게 덧붙였다.

"당신들의 양보와 포기는 저자들의 음모를 보다 용이하게 만들고 그 패거리의 힘을 더하고 있다. 하지만 언제나 기억하라. 내주기는 쉽지만 되찾기는 어렵다는 것을.

더구나 저자의 손에는 우리들의 진정한 용사 '붉은 노을'의 피가 묻어 있다. 그가 그렇게도 허망하게 죽어간 것은 저자가 은밀하게 찔러 넣은 뱀독 때문이었다. 나는 이제 하늘의 뜻으로 저자와 그 패거리에게 '붉은 노을'의 피값을 요구한다……"

그러나 '큰 목소리'의 그런 절규는 곧 '뱀눈'의 패거리들이 지르는 성난 고함소리와 욕설로 중단돼 버렸다. 그들은 뒤이어 저마다 무기를 뽑아들고 '큰 목소리'를 둘러쌌다. '큰 목소리'는 여전히 이미 전달되지 않는 자신의 절규를 계속하였다. 그러나 '뱀눈'의 말대로 '큰 목소리'를 위해 달려나가는 용사는 아무도 없었다. 오히려 불만스레 웅성거리는 것은 한쪽으로 밀려나 있던 노인들과 여자들 쪽이었다.

끝내 '큰 목소리'의 절규는 둘러싼 무리들의 가해 때문에 무거운 신음소리로 변했다. 하지만 여전히 아무도 움직이지 않왔다. 다들 공포와 경악으로 망연히 보고만 있었다. 그때였다. 냉정한 눈으로 그 광경을 보고 있던 '뱀눈'이 천천히 자기의 창을 집으며 일어났다.

"멈추어라. 그리고 모두 물러나라."

우렁차고 당당한 목소리였다. 둘러쌌던 사람의 막이 열리자 드러난 '큰 목소리'의 몸에서는 이미 군데군데 피가 스며나오고 있었다. '뱀눈'은 천천히 그리로 다가갔다. 그리고 날카로운 창끝으로 '큰 목소리'를 찌를 듯이 겨누었다가 이내 거두었다.

"너는 하늘의 목소리를 멋대로 왜곡시켰고, 우리 혈족을 이간시켰으며 사냥에서 쓰러진 용사의 피를 내게 뿌려 모함했다. 내가 지금 너를 찌르지 않는 것은 형제의 피를 나의 창날에 묻히고 싶지 않기 때문이다.

이제 일어나 당장 떠나거라. 그리고 다시는 너의 사악하고 비열한 모습을 이 숲과 우리들 앞에 나타내지 말아라.

네가 다시 내 눈앞에 서게 되면 이 창이 먼저 너를 맞으리라. 네가 다시 이 땅에 나타나면 숲의 정령은 번갯불로 너를 태우리라."

그러나 '큰 목소리'는 상처가 심한지 숨만 거칠게 헐떡이고 있었다. '뱀눈'은 다시 무거운 침묵 속에 둘러서 있는 혈족들을 향해 엄숙하게 말했다.

"누구든지 나의 결정에 반대하는 자가 있으면 서슴없이 말해 주기 바란다. 저 자의 거짓을 믿는 자, 내가 받은 모함을 의심하는 자도."

여전히 아무도 대답하지 않았다. 어느새 '뱀눈'의 주위를 저항할 수 없는 위엄이 무슨 찬란한 빛처럼 감돌고 있었다. '큰 목소리'를 위해 혼신의 힘으로 짜낸 그의 용기도 '뱀눈'의 그런 위엄 앞에서 어이없이 사라지고 말았다.

그런 혈족들의 동태를 하나하나 확인하듯 살피던 '뱀눈'은 다시 새로운 제의를 했다. 전보다 더 자신 있고 힘 실린 어조였다.

"다시는 이런 위험하고 거짓에 찬 사제자를 갖는 일이 없도록 나는 당신들에게 제의한다. 사제자를 결정하는 권한을 늙은 어머니('위대한 어머니')로부터 회수하도록 하자. 보다 사려 깊고 현명한 판단을 가진 사람에게 맡기려는 것이다. 하늘의 뜻을 자의로 조작하지 않고 우리에게 보다 살기 좋은 앞날을 제시하는 사제자를 얻기 위해서이다. 어떤가? 여러분의 뜻은 어떠한가?"

그러자 그의 패거리들은 약속이나 한 듯이 떠들었다.

"당신의 생각이 옳다. 그리고 그 적임자는 바로 당신이다. 당신을 빼놓고는 아무도 올바르게 판단하지 못한다."

그런 자기 패의 외침을 들은 '뱀눈'은 다시 그 차갑고 깜박이지 않는 눈으로 혈족들을 찬찬히 쏘아보았다. 그러자 그의 눈길을 받은 곳부터 차례대로 짜낸 듯한 찬성의 외침이 터져 나오기 시작했다. 그제서야 '뱀눈'의 얼굴에 희미한 만족의 표정이 떠올랐다.

"좋다. 나는 여러분들의 신뢰를 진심으로 감사하며 받아들인다."

그리고 잠깐 말을 중단한 '뱀눈'은 혈족들의 환호가 끝나기를 기다려 다시 계속했다.

"나는 바로 이 자리에서 '얘기꾼'을 새로운 사제자로 추천한다. 나는 오래전부터 그의 귀가 하늘과 위대한 정령들의 소리를 들을 만하다는 걸 알고 있다. 그의 시선도 우리와 함께 땅 위에 머문 것처럼 보이지만 사실은 언제나 저 높은 곳을 응시하고 있었다. 얼핏 경박스러워 보이는 익살과 재치도 — 나는 사제자의 한 중요한 품성임을 확신한다. 오의(奧義)와 신성의 가식으로 하늘의 뜻을 애매와 추상 속에 방치하지 않을 것이기 때문이다.

누구 그보다 더 나은 사제자를 추천할 수 있는가? 보다 훌륭한 우리들의 목소리를 알고 있는 사람이 있는가?"

이번에는 보다 빠르고 광범위한 동의가 여기저기서 환성과 함께 터져나왔다. 그제서야 '뱀눈'은 다시 '큰 목소리' 쪽으로 고개를 돌렸다. 그사이 '큰 목소리'는 일어나 있었다. 그러나 몸을 지탱하는 것이 몹시 힘들어 보였다.

"마지막으로 할 말은 없는가? 이곳에 머물고 싶다는 뻔뻔스러운 희망 외에는 무엇이든 허락한다."

그러자 '큰 목소리'는 금방 불이라도 쏟아질 것 같은 눈길로 천천히 주위를 돌아보더니 격앙된 어조로 말했다.

"나는 죽음보다 더한 고통이 있다는 걸 알고 있다. 그것은 고독이다. 그러나 이제 나는 기꺼이 그것을 향해 떠난다. 왜냐하면 앞으로 당신들이 맞을 것은 그 고독보다도 훨씬 고통스러운 것이기 때문이다. 바로 당신들 자신의 나약한 비겁으로 사들인 압제이다. 물론 당장은 아니다. 그러나 반드시 그날은 온다. 이것이 내가 마지막으로 당신들에게 전하는 하늘의 목소리다.

하지만 한 가지 중요한 것을 당신들에게 깨우쳐준다. 그날이 오거든 반드시 기억하라. 그와 그의 패거리가 아무리 강하고 크게 보이더라도, 당신들의 동의 위에 서 있지 않은 한 그들이 잡고 있는 것은 반 토막의 칼에 불과하다. 나머지 반 토막은 언제나 당신들 손에 있다. 그러면 잘 있거라. 형제들이여. 그래도 나는 자유인으로 떠난다."

그리고 결연히 돌아선 '큰 목소리'는 비틀거리며 숲 속으로 사라졌다. 갑자기 숙연해진 분위기 속에서 몇몇 여인만이 소리 없이 흐느끼고 있었다. 그때 그런 그곳의 분위기를 깨뜨린 것은 새로운 사제자가 된 '얘기꾼'이었다.

"그의 거짓 예언을 두려워할 필요는 없다. 자유란 우리가 종종 속기 쉬운 환상에 불과하다. 우리가 안전한 나무에서 내려와 함께 모여 살기 시작한 이래 진정한 자유란 한 번도 없었다. 그것은 언제나 열망의 형태로만 존재했다. 왜냐하면 모여 산다는 것은 바로 우리가 어떤 질서와 규율 밑에 있음을 뜻하기 때문이다.

그럼에도 불구하고 지금껏 우리가 스스로를 자유롭다고 착각하게 된 것은 그 질서와 규율이 동물적인 혈연에 근거해 있었다는 점과 은밀하고 교묘한 통치 기술 때문이었다. 당신들은 그 환상에 집착하기보단 오히려 그것들을 혐오해야 한다……."

언제부터 준비해 온 것인지 '얘기꾼'의 목소리는 사제자로서

조금도 손색이 없었다. 혈족들은 어리둥절해서 그 새로운 사제자를 바라보았다.

"— 따라서 나는 당신들의 사제자로서 최초의 하늘의 목소리를 전한다. 방금 그 목소리는 내 심중에서 속삭였다. 이제 그 낡고 불합리한 제도와 기술은 타파되어야 한다고. 우리 혈족은 보다 정연하고 조리 있게 조직되어야 하며, 경험과 직관에만 맡겨졌던 그 기술도 객관적으로 제도화해야 한다고. 그 모든 것 위에는 가장 용기 있고 슬기로운 '동배 중의 으뜸'이 있어 우리를 대신해 판단하고 결정해야 한다고. 그것이 우리를 강대하게 만드는 지름길이며 풍요와 안락을 확보하게 되는 최선의 수단이라고.

그리고 그 목소리는 또한 나로 하여금 당신들에게 묻기를 요구한다. 그 '동배 중의 으뜸'으로 여기 선 이 '위대한 이(뱀눈)'가 어떨까고."

그러자 '뱀눈'의 패거리를 중심으로 한 동의의 함성이 무슨 큰 파문처럼 혈족 사이를 퍼져갔다. 몇몇은 '뱀눈' 앞으로 달려나와 위대한 정령에게나 합당한 숭배와 복종의 자세를 취했다.

"그러면 하늘의 뜻과 당신들의 희망이 일치하였음을 나는 한 사제자로서 확인한다. 이제부터는 아무도 그를 '동배 중의 으뜸' 이상 다른 이름으로 불러서는 안 된다. 누구도 그의 결정을 거부할 수 없고 그의 판단을 의심해서는 안 된다……."

결국 '뱀눈'과 그의 패거리들은 '큰 목소리'가 그들을 타도하려고 기다리던 그날의 축제에서 오히려 모든 것을 뜻대로 이루었다. 그리고 그들의 승리감은 묘하게도 점점 다른 혈족들에게도 전파되어 그날의 축제는 그 어느 때보다 열띠고 흥겨운 것이 돼 갔다.

그런데 반쯤 불에 그을린 '큰 목소리'의 시체가 그들 혈족 앞으로 운반돼 온 것은 그 이튿날 아침이었다. 아직 축제 기분에서 덜 깨난 사람들 앞에서 새로운 사제자는 전임자의 죽음을 이렇게 선포했다.

"하늘은 자기의 목소리를 왜곡한 자에게 징벌을 결정하셨다. 위대한 조상들의 영혼이 우리를 이간시키고 분열시키려는 그에게 번갯불을 날라주었다. 그는 성난 하늘이 내려친 벼락을 맞아 죽었다. 오오, 사제된 자 모름지기 경계할진저."

그러나 그는 보았다. 벼락 맞은 고목이나 짐승들과는 달리 '큰 목소리'의 시체에는 여기저기 재와 검댕이 묻어 있었다.

그는 그 끔찍한 추억으로 몸서리쳤다. 그러자 그 모든 사태를 망연히 방관해 버린 자신의 무력과 비굴이 새삼스런 회한으로 그를 짓눌렀다. 어쩐지 자기가 아직 살아 있다는 것이 무슨 커다란 죄처럼 느껴졌다.

그는 스스로를 학대하려는 것같이 무겁고 고통스런 몸을 일으켰다.

굵고 긴 관솔가지에 불을 붙이고 안료를 챙겨든 그는 그리다 만 들소 밑의 돌출한 바위로 올라갔다.

소는 검고 선명한 선으로 조용히 서 있었다. 그 정지의 자세가 다시 한번 마음에 걸렸으나 그는 고집스레 채색을 시작했다. 어쩌면 이 그림조차 완성하지 못할지도 모른다는 불안이 갑자기 그를 재촉했기 때문이다.

황색 기조(基調)의 초벌칠이 끝나고 다시 붉은색을 입힐 무렵 관솔가지는 다 타버렸다. 그는 바닥으로 내려가 관솔가지에 불을 붙였지만 마음만 조급할 뿐 후들거려 다시 올라갈 수가 없었다. 그는 맥없이 불가에 주저앉았다. 원기가 회복되기를 기다리며 그는 '큰 목소리'가 사라진 후의 쓸쓸한 세월을 더듬었다.

그 뒤 그들의 혈족은 많이 변했다. 자연적인 생활 집단이었던 그들은 점차 전투 조직으로 변해 갔다. 그 조직을 이루는 원리는 오직 전투에서의 능률과 효과였다. 혈연적인 배분(配分)이나 연장(年長)에 대한 존경 같은 이전의 위계는 철저하게 부인되었다. 그리고 그 정점에는 이제는 '존엄한 분'으로 승격된 '뱀눈'과 그 패거리가 무겁게 얹혀 있었다.

그렇게 조직을 개혁한 '뱀눈'이 제일 먼저 착수한 것은 그 산록에 흩어져 살고 있는 동계 혈족의 통합이었다. 그리하여 '큰 목소리'가 죽고 채 두 해도 지나지 않아 본시 전체가 백오십 명 남짓하던 그들 혈족은 전사만 수백 명을 거느린 씨족으로 성장했다.

각자의 소유는 엄격하게 보호되었다. 그리고 그 비호 아래서 원래 평등했던 혈족들은 개인의 소유를 늘려가기 시작했다.

그러나 궁극적으로 '큰 목소리'가 우려하던 사태는 발생하지 않았다. '뱀눈'이나 그의 막료들은 아직도 근원적인 형제 감정을 혈족들에게 품고 있어 터무니없는 횡포나 압제를 가하는 일은 없었다. 식량이나 피복에 대해서도 마찬가지였다. 변혁 초기에는 분업화하고 조직된 노동이 가져온 생산의 확대가 불필요한 착취를 막아주었고, 후기에는 강대한 힘을 배경으로 한 약탈이 그들을 결핍에서 구해 주었다. 오히려 '뱀눈'의 약속대로 그들은 강대해지고 풍요해졌을 뿐이었다.

그러나 그는 본능적으로 그 모든 발전이 결국은 '큰 목소리'의 예언을 실현해 가는 과정에 지나지 않음을 감지하였다. 실제로도 그들 혈족은 많은 피해를 입고 있었다.

그 두 해의 정복과 약탈을 위한 전투에서 죽거나 상한 용사의 수는 사냥에서 생기는 손실의 몇 배가 넘었다. 그것들이 쉽게 그들 혈족들의 의식에 표면화되지 않은 것은 다만 죽은 자의 침묵과 살아 있는 자의 탐욕 때문이었다. 더 많은 전리품을 차지하게 됨으로써 산 자는 죽은 형제들의 고통을 잊어버렸다.

그러나 그 무엇보다도 '큰 목소리'의 예언을 생생히 기억하게 한 것은 그 몇 해 동안에 엄청나게 변해 버린 여자들의 운명이었다. 권력의 획득과 소유의 축적에 보다 유리한 신체적, 정신적 조건에 있던 남자들은 점차 여자들도 소유의 대상으로 보기 시작하였다. 그리고 그것을 더욱 촉진한 것은 부계(父系)의 확정에 대한 요구였다. 자기들이 애써 획득한 지위나 재산을 죽음과 함께 내놓아야 한다는 것은 견딜 수 없는 일이었다. 따라서 남자들은 한 여자를 자기의 배타적인 지배 아래 둠으로써 자기의 후계자를 확보하고 싶어 했다.

그의 일신에 닥친 변화는 음울한 것이었다. 그는 이미 '신비의 동굴'에 격리된 고고한 사제자는 아니었다. 그 동굴은 폐쇄되고 그는 '뱀눈'의 한 막료나 지배 장치처럼 이동하는 혈족 가운데서 봉사하게 되었다. '뱀눈'은 대체로 약속에 충실한 편이었다. 그가 협조를 하는 한 '뱀눈'은 그의 권위를 확보해 주었고 응분의 대가도 지불했다. 그러나 그런 외형적인 우대는 본질적으로 '손의 동굴'에서 받는 고기나 다를 바 없었다. 그는 무엇이든 '뱀눈'의 의사대로 그렸고, 때로는 개인적으로 그의 움막 벽이나 기둥에 장식을 그릴 만큼 전락해 버렸다.

거기다가 그에게도 여자가 생겼다. 그는 '초원의 꽃'을 열렬히 원했으나 그녀는 일찍부터 한 미녀와 함께 '뱀눈'의 소유로 확정되어, 다시는 기대할 수 없는 여자가 되어버렸다. 결국 그에게 돌아온 것은 '산나리'뿐이었다. 그리하여 그런 그녀와 함께하는 삭막하고 지루한 일상은 다른 평범한 씨족원과 조금도 다를 것이 없었다. 참으로 쓸쓸한 세월이었다…….

그런데 — '뱀눈'이 '존엄한 분'의 칭호를 받은 후 다섯 번째의 봄이 오면서부터 그를 둘러싼 상황은 급변하기 시작했다.

무리한 통합으로 급격하게 불어난 씨족을 불확실한 사냥과 일시적인 약탈로만 유지할 수 없게 된 '뱀눈'은 지금껏 의지해 오던 산을 버리고 초원으로 진출할 것을 결정했다. 그것은 '뱀눈'과 그 패거리가 품었던 애초의 구상이기도 했다.

그러나 그들의 초원 진출은 예상처럼 용이하지 못했다. 전과는 달리 그곳의 풀과 샘을 차지하고 있던 유목민들이 강렬하게 저항해 왔기 때문이었다. 거기서 연일 크고 작은 전투가 벌어지고 수많은 씨족의 전사들이 죽어갔다. 나중에는 전사들이 부족해 이미 무기를 놓은 늙은이들이 동원되거나 성년식을 앞당겨야 할 지경에 이르렀다.

거기다가 젊고 힘 있는 남자들이 모두 장기간의 전투에 매달리게 되자 씨족의 모든 생산은 여자들과 남아 있는 이들의 몫이 되었다. 그들은 일하고 또 일했다. 그러나 전사들을 충분히 먹일 식량조차 마련할 수 없었다. 굶주림과 피로는 비전투원의 보편적인 고통이었다.

그런데도 '뱀눈'과 그의 패거리는 기왕에 누려온 풍요와 안락을 포기하려 들지 않았다. 그것은 모든 씨족원들의 결핍을 더욱 가중시켰다. 그 모든 것을 보게 된 그의 가슴은 서서히 불타올랐다. 그제서야 그는 '큰 목소리'의 치열하던 정신을 확연히 이해했다. 그는 하루에도 몇 번씩 자기에게 무엇을 요구하는 '큰 목소리'의 절규를 자기 내부에서 들었다.

그러나 한 번 행동에 착수하자 그는 자신이 하려는 일이 얼마나 어려운 일인가를 깨달았다. 그는 틈나는 대로 전사들을 모아놓고 그들이 가졌던 자유의 기억을 일깨웠다. 아름답고 풍요하던, 그러나 버리고 만 산록과 그곳의 만족스럽던 삶을 상기시켰다. 그렇지만 그들은 이미 옛날의 그들이 아니었다. '뱀눈'의 약속과 선전에, 그리고 반복되는 '얘기꾼'의 교훈에 완전히 옛 기억을 상실한 후였다. 그들은 서슴없이 그가 일깨우는 옛날을 야만이라고 불렀고 '뱀눈'과 그 패거리가 조직한 지금의 제도를 적극적으로 옹호하고 나섰다. 그리고 돌아서서는 그가 한 이상한 행동을 낱낱이 고해 바쳤다.

"다시 말하지만 자유란 환상이다. 우리들 중 극소수에게 열망의 형태로만 존재하는. 오히려 저들 다수를 지배하는 것은 저열한 욕망이야. 어떤 강력한 힘에 복종하고 지배받으려는 욕망. 아마도 그렇게 함으로써 자기들의 무력과 우둔을 잊고, 그 강력한 대상과 일체감을 느끼려는 것일 게야."

그것은 언젠가 그가 또 젊은 용사들을 모아놓고 자기의 주장을 펴고 있을 때 어디선가 듣고 달려온 '얘기꾼'이 그를 설득하면서 한 말이었다. 동료로서 함께 행동해 온 그 몇 년의 세월은 그들을 상당히 가깝게 맺어놓고 있었다. '얘기꾼'은 그가 '뱀눈'으로부터 받을 보복이 두려워 그를 말리려고 달려온 것이었다.

"우리가 남보다 좀 큰 목소리를 가졌다고 해서, 혹은 남보다 더 잘 선과 색을 다룰 수 있다 해서 그게 바로 우리에게 무슨 특별한 의무를 부여하는 것은 아니야. 물론 우리는 남보다 더 밝은 눈과 예민한 귀를 가졌을지 모르지. 그러나 그것으로 그뿐이야. 우리가 무슨 노래를 부르고 무슨 그림을 그리든 세월(역사)은 제 갈 길을 갈 뿐이야. 우리는 그저 변혁을 느낄 수 있을 뿐이지. 그것을 일으키거나 막을 힘까지는 없어. 낡은 신념에 매달려서 이미 밀려오는 것을 막으려 들거나 아직도 멀리 있는 것을 앞당기려고 서두르는 것은 마찬가지로 어리석은 일이야. 그건 이미 진실의 문제가 아니라 능력의 문제야.

결국 우리도 씨족의 한 평범한 구성원에 지나지 않아. 우리가 다른 구성원과 다른 것은 그들이 자기의 창과 칼로 먹이를 얻는 데 비해 우리는 노래나 그림으로 우리의 먹이를 얻는다는 것뿐이야……."

어느 정도 원기를 회복하자 그는 다시 그리던 소에게 다가갔다. 나는 무슨 일이 있어도 나의 소를 잡으리라. 그것으로 나도 세상에 태어나서 살아 숨 쉬었다는 증거를 삼으리라. 그는 희미한 관솔불에 의지해 자기의 소에게 필생의 기력을 쏟았다. 소는 점점 실물과 흡사하게 변해 갔다. 그러나 그가 아직 완성의 희열을 맛보기 전에 기력이 먼저 소모되고 말았다. 갑작스럽게 꺼져버린 불빛과 함께 그는 동굴 바닥에 내동댕이쳐지듯 굴러떨어졌다.

다시 일어나야겠다는 강렬한 의지에도 불구하고 그의 몸과 마음은 무거운 돌덩이처럼 깊은 무의식의 수렁 속으로 빠져들었다.

…… '뱀눈'의 호화로운 천막 안이었다. 그는 한 모퉁이에서 '초원의 꽃'을 분장시키고 있었다. 이미 서른이 넘었지만 그녀의 피부는 씨족의 그 어떤 여인들보다 더 고왔다. 얼굴의 은은한 잔주름도 오히려 그녀의 아름다움에 어떤 원숙미를 더하고 있었다.

그는 먼저 선명하긴 하지만 약간 무질서한 그녀의 눈썹에 곱고 가지런한 선을 주었다. 그리고 눈두덩에도 잘게 바순 공작석(孔雀石) 가루를 발라 엷은 녹색의 아름다운 그늘을 만들었다. 그녀의 붉은 입술은 양기름에 갠 주토로 더욱 붉어졌다.

그는 시종 음울한 침묵 속에 그 일련의 동작을 이어가고 있었다. 그러나 그의 그런 음울은 분장사로 전락한 자신의 처지 때문이 아니라, 이제 그 밤이 지나면 영원히 씨족을 떠날 '초원의 꽃' 때문이었다.

'뱀눈'도 마침내 싸움에 지치고 말았다. 그래서 그는 유목민 중 가장 강력한 부족과 화평을 맺고 그 정표로 아름다운 '초원의 꽃'을 그들 부족장에게 보내려는 것이었다. 그 부족장과 그의 전사들은 벌써 얼마 전부터 와 기다리고 있었다.

그러나 당자인 '초원의 꽃'은 아무런 동요가 없었다. 오히려 그녀는 그런 화장을 즐거워하는 것처럼 이것저것 지시를 했다. 어쩌면 그녀는 자기의 운명을 모르고 있는 것이 아닐까. 그는 문득 동작을 멈추고 음울하게 그녀를 바라보았다.

"'초원의 꽃', 당신은 이제 당신이 가게 될 곳을 알고 있소?"

그러나 그녀는 그에게 눈길도 주지 않은 채 대답했다.

"네, '뱀눈'에게 들었어요."

무감동한 목소리였다.

"그래, 그런데도 아무렇지 않단 말이요?"

그는 자신도 모르게 버럭 소리를 지르고 말았다. 마침 그 천막에는 그들 둘밖에 없었다. 그녀는 그제서야 뜻밖이라는 듯한 눈길로 그를 쳐다보았다.

"그래 무슨 가축이나 물건처럼 생판 낯선 사람에게 주어져도 아무렇지 않단 말이요? 발정 난 암캐처럼 당신은 아무하고 어울려도 즐겁소?"

그러자 그녀는 희미하게 웃었다.

"딱한 사람, 그럼 내가 꼭 '뱀눈' 하고만 잠자리를 같이해야 한단 말이에요?

"그렇지만 당신은 이미 십 년씩이나……."

"그래서 어쨌다는 건가요? 지난 십 년을 함께 살았으니 앞으로의 십 년도 그와 함께 보내야 한다는 거예요?"

그리고 그녀는 잠시 아연해 있는 그를 보며 침착하게 말했다.

"사람은 현란하게 꾸며진 말을 벗기면 모두 저마다의 소를 쫓고 있을 뿐이에요. '뱀눈'은 권력의 소를 쫓고, '달무리'는 그 '뱀눈'이 나누어주는 부귀의 소를 쫓는 식으로……. 그런데 제가 쫓는 소가 무엇인지 아세요? 그것은 풍요와 안락의 소예요. 그리고 '뱀눈'을 좋아한 것은 그가 바로 그것들을 줄 수 있기 때문이죠. 이제 '뱀눈' 아닌 사람이 나를 데려간다 하더라도 그가 그런 것들을 줄 수 있다면 또 좋아질 수 있을 거예요. 더구나 그의 부족은 강성하고, 그의 가축 떼는 들판을 덮고 있어요. 그런데 내가 무엇 때문에 슬퍼하고 괴로워해야 하죠?"

그 말을 듣자 그는 원인 모를 안도와 함께 전보다 몇 배나
더 깊은 음울에 빠졌다. 그녀는 그런 그를 한동안 그윽이 보더
니 갑자기 다정스런 목소리로 말했다.

"물론 당신처럼 무엇을 좇는지 얼른 알 수 없는 사람도 있
죠. 당신은 그림을 그려주고 '뱀눈'으로부터 고기와 가죽을 얻
고 있지만 그게 바로 당신이 좇고 있는 소가 아닌 것은 분명해
요. 당신은 무언가 다른 소를 좇고 있는데, 물론 잡을 수만 있
다면 그 어떤 소보다 훌륭할 테지만 사실 그것은 잡을 수 없
는 환상의 소예요.

당신은 당신이 내게 보내준 그 오랜 애정을 제가 모르고 있
는 줄 아세요? 그러나 내게도 당신의 진심이 몇 번이나 가슴
저리게 와닿은 적이 있었어요. 하지만 철이 들면서 나는 알았
어요. 당신은 나와 다른 소를 좇고 있고, 그 소는 아마 이 세
상에선 잡히지 않으리라는걸. 그래서 당신의 인생은 쓸쓸하고
고통스러울 것이라는걸. 내가 피하고 싶었던 것은 바로 그런
당신의 운명이었어요.

만약 우리가 힘들여 먹이를 구하지 않아도 되고, 애써 이 땅
위의 더위와 추위를 피하지 않아도 된다면, 나는 누구보다도

249
· · ·
들소

당신을 나의 짝으로 선택하고 사랑했을 거예요. 그러면 나도 당신처럼 환상을 사랑하고 아름답고 진실한 것만 추구할 수도 있을 테니까. 그러나 지금 우리가 살고 있는 이 땅은, 환상은 반드시 깨어지게 되어 있고, 아름다움과 진실도 필경엔 한 토막의 고기보다 못하게 되어 있어요. 그런데 아, 가엾은 사람……."

그녀도 결국은 자신의 감정을 이기지 못한 듯 음울하게 수그린 그의 머리를 껴안고 몇 번이고 그의 이마에 입 맞추었다. 그리고 그의 두 눈 가득 흐르는 희열의 눈물을 조용히 훔쳐주었다. 그러나 그녀는 이내 그런 감상에서 깨어났다.

"자, 모두들 기다리겠어요. 이제 그만 나가보지 않겠어요?"

다시 침착하고 무감동한 목소리였다.

…… 축제의 모닥불이 타오르고 있었다.

'초원의 꽃'은 떠나갔지만, 씨족은 평화와 목초지와 가축을 얻었다. 그들은 그것을 기뻐하고 춤추고 노래하고 있었다.

그러나 그는 견딜 수 없이 음울한 마음으로 그런 그들을 바라보고 있었다.

만족하게 웃고 떠드는 '뱀눈'과 그의 충실한 부하들. 구릿빛 근육을 자랑하며 춤추는 전사들과 아름다운 여인들. 오, 너희들은 너무 즐겁고 행복해 보이는구나. 나도 일찍이 너희들과 같은 소를 좇아야 했다. 그것을 위해 모든 단련과 준비를 게을리 말았어야 했다. 저 먼 하늘에 그렇게도 자주 동경의 눈길을 보내지 말았어야 했고, 스러지고 말 아름다움에 그렇게도 무모하게 집착하지 않았어야 했다. 그러나 이제는 모든 것이 끝나버렸다. 무자비한 시간은 다시 지나간 날들을 되돌려주지 않는다…….

그런데 그때였다. 그의 쓰라린 상념 사이를 한 줄기 빠르고 예리한 빛처럼 스쳐가는 목소리가 있었다. 바로 '초원의 꽃'의 목소리였다.

"물론 잡을 수만 있다면 당신의 소는 그 어떤 소보다 훌륭할 테지만……."

그렇다면 나의 소는 어떤 것일까. 그녀가 말했듯 내가 '뱀눈'에게 봉사하고 얻는 고기는 나의 소가 아니다. 산과 수렵생활을 떠난 지금 그림이 가졌던 실용으로서의 주술도 의미를 잃었다. 그렇다고 '큰 목소리'처럼 낡은 이념의 희생으로 쓰러져야 할 것인가. 공허한 하늘의 목소리에 의지해서 강력한 인간의 조직과 그것이 가진 힘에 부딪쳐서 깨어져야 할 것인가. 언제 싹 틀지 모르는 사상의 씨앗을 뿌린 것만으로 자신을 저 끝

모를 죽음과 허무의 심연에 던져버려야 할 것인가.

그의 상념이 거기에 이르자 그는 다시 한번 암담한 절망에 빠졌다. 혹 나는 너무 일찍 태어나거나 너무 늦게 이 땅에 온 것이 아닐까, 나의 소는 이 땅에는 없는 것이 아닐까.

그리하여 그 축제의 광장을 빠져나온 그가 전혀 새로운 깨달음을 얻게 된 것은 그 새벽의 어스름 속이었다. 지금까지 그가 추구해 온 것은 '그림 너머의' 혹은 '그림으로써' 얻어지는 어떤 것이었다. 말하자면 그림은 하나의 종속적 가치로서 어떤 목적을 위한 수단이나 도구였던 것이다. 그런데 이제 그가 새로운 추구의 대상으로 찾아낸 것은 그림 그 자체, 표상된 선과 색의 완전성이 가지는 가치였다.

그러자 갑자기 떠나온 산록과 '신비의 동굴'이 미칠 듯이 그리워졌다. 내가 찾아낸 새로운 가치는 지금 이 땅에서는 시인될 수 없다. 나는 그곳으로 돌아가 나의 선과 색으로 나만의 소를 잡으리라. 그는 이상한 열정으로 몸을 떨며 중얼거렸다. 그리고 자기의 초라한 천막으로 돌아갔다. 그 긴 여행에 필요한 물건들을 챙기기 위해서였다.

그의 초라한 천막 안에는 '산나리'와 그 사이에 태어난 두 아이가 평화롭게 자고 있었다. 몇 가지 도구를 챙긴 그는 잠시 불현듯한 애정과 연민으로 그런 그들을 내려다보았다. 잘 있거라. 가엾은 것들. 그는 특히 잠든 두 아들을 오랫동안 바라보았다. 내가 떠남으로써 너희는 헐벗고 굶주리며 자라야 하겠지. 권력도 소유도 물려받지 못한 너희들은 무엇이든 스스로 고통스럽게 이룩해야 하겠지. 그러나 나는 떠나지 않을 수 없다. 아비에겐 잡아야 할 아비의 소가 있다. 이곳에서는 결코 잡을 수 없는……. 더구나 내가 이곳에 남음으로써 너희들의 나쁜 본보기가 될 수는 없다. 이 역할과 지위를 물려주어 외롭고 고통스러웠던 생을 다시 반복시킬 수는.

거기서 그는 결연히 일어섰다. 그런데 막 깊이 잠든 그들의 주거지를 빠져나올 무렵, 그는 다급한 발짝 소리를 들었다. 새벽안개를 헤치고 달려온 것은 뜻밖에도 '산나리'였다. 그녀의 손에는 조그만 보퉁이 하나가 들려 있었다.

"이것 가지고 떠나세요. 말린 고기와 과일이에요."

그는 서늘한 감동을 느꼈다. 알고 있었구나…….

"나는…… 나의 소를…… 잡으러 떠나오……."

그는 감동으로 망연해져 더듬거렸다. 그 앞뒤 없는 말을, 그러나 '산나리'는 완벽하게 이해한 것 같았다.

"네, 떠나셔야죠. 하지만 — 꼭 돌아오셔야 해요."

그런 '산나리'는 울고 있었다. 새벽빛에 희게 번질거리는 그
녀의 눈물 줄기를 보며 그는 심한 동요를 느꼈다. 갑자기 그녀
의 품안이 세상 어느 곳보다도 따뜻하고 아늑할 것 같았다. 그
러나 그는 모질게 자신을 채찍질했다.

"물론 돌아오고말고."

그는 천천히 산나리에게 다가가 힘차게 끌어안았다. 하지만
설령 그가 돌아오려 한들 그때까지 씨족이 이곳에 머물고 있
으리란 보장은 없었다.

"미안하오."

그는 포옹을 풀면서 부드럽게 말했다.

"당신과 짝지어지면서부터 줄곧 불안해하던 일이었어요. 하
지만 이만큼 준비도 되어 있어요. 기억나세요? 옛적 우리가 그
곳에 머물 때의 관례 — 용사가 잡은 소는 곧 나의 소예요. 당
신의 소를 잡고, 부디…… 돌아오기만 하세요."

그리고 먼저 돌아선 것은 '산나리'였다. 그녀는 보퉁이를 넘
기자마자 뛰듯이 새벽안개 속으로 사라져갔다. 오, 그 뒤 이 동
굴로 돌아오는 그 길은 어찌 그리도 멀고 험하던지…….

그래, 소를 잡아야지. 나의 선과 색은 아직도 완전한 소를
잡지 못하고 있어. 그 등허리에 내리쬐는 부드러운 햇빛도 잡

지 못했고, 털끝을 불어가는 미풍도 잡지 못했어. 따뜻한 콧김
과 더 깊은 곳에서 숨 쉬고 있는 싱싱한 생명력도. 그는 다시
관솔가지를 찾기 위해 손을 뻗었다. 그러나 마음뿐이었다. 그
시각 그의 병들고 지친 육신은 꺼져가는 생명의 불꽃을 지켜
보며 가늘게 경련하고 있었다.

그 후 오랜 세월이 흘렀다. 금세기 초 스페인의 산탄델 주(州)
에 사는 한 젊은 기사(技師)는 사냥꾼이 발견한 부근의 한 동
굴에 깊은 흥미와 관심을 가졌다. 그러나 첫 번째 답사에서 그
는 별다른 것을 발견하지 못했다. 소학생들의 서투른 솜씨 같
은 그림 몇 개를 동굴 벽에서 보았을 뿐이었다. 그래서 두 번째
는 좀 가벼운 기분으로 어린 딸을 데리고 갔다. 그런데 그들이
동굴 입구에서 얼마 들어가지 않았을 때였다. 그는 갑자기 촛
불을 들고 뒤따라오던 어린 딸이 소리치는 것을 들었다.

"아버지, 여기 소가 있어요."

그녀가 가리키는 곳은 측면 동실(同室)의 넓은 천장이었다.*

* 알타미라 동굴의 그림에 대해 사학자(史學者)들은 그것이 후기 마그달레니언기
  (期) 이전의 구석기 문화라고 보고 있다. 여기서는 권력과 사유(私有)의 발생을
  보기 위해 신석기 문화로 꾸몄다.

1948년(1세)   5월 18일 서울 청운동에서 영남 남인(南人) 재령
(載寧) 이씨(李氏) 집안에서 아버지 이원철(李元
喆)과 어머니 조남현(趙南鉉)의 셋째 아들로 태
어나다. 본명은 이열(李烈).

1950년(3세)   한국전쟁이 일어나자 부친 이원철이 월북하다.
어머니를 따라 고향인 경상북도 영양군 석보면
원리동으로 이사하다.

1953년(6세)   경상북도 안동읍으로 이사하고, 중앙국민학교
에 입학하다.

1957년(10세)   서울로 이사하여 종암국민학교로 전학하다.

1958년(11세)   경상남도 밀양읍으로 이사하여 밀양국민학교로
전학하다.

1961년(14세)   밀양국민학교를 졸업하고, 밀양중학교에 입학하

다. 6개월 만에 그만두고 고향으로 돌아가다.

1962년(15세)	이후 3년 동안 큰형님이 황무지 2만여 평을 일구는 것을 지켜보다.
1964년(17세)	고입 검정고시에 합격하고, 안동고등학교에 입학하다.
1965년(18세)	별 다른 이유 없이 안동고등학교를 중퇴하다. 부산으로 이사하여 이후 3년 동안 일없이 지내다.
1968년(21세)	대입 검정고시에 합격하고, 서울대학교 사범대학 국어교육과에 입학하다.
1969년(22세)	사대문학회에 가입하여 활동하다. 이 시기에 작가가 되기로 마음을 굳히는 한편, 사법고시를 준비하다.
1970년(23세)	사법고시를 준비하려고 학교를 중퇴하였으나 이후 세 번 연속 실패하다.
1973년(26세)	박필순(朴畢順)과 결혼한 후 군에 입대하여 통신병으로 근무하다.
1976년(29세)	군에서 제대한 후 고향으로 돌아가다. 곧바로 대구로 이사하여 여러 학원을 전전하면서 학원 강사를 하다.

• • •
작가연보

1977년(30세)	〈대구매일신문〉 신춘문예에 단편 「나자레를 아십니까」가 입선하다. 이때부터 이문열이라는 필명을 사용하다.
1978년(31세)	대구매일신문사에 입사하다.
1979년(32세)	〈동아일보〉 신춘문예에 중편 「새하곡(塞下曲)」이 당선되다. 『사람의 아들』로 민음사에서 주관하는 제2회 〈오늘의 작가상〉에 당선되다. 단행본 출간 후 공전의 히트를 기록하다. 「들소」, 「그해 겨울」 등을 잇달아 발표하면서 한국 문학에 돌풍을 일으키다.
1980년(33세)	대구매일신문사를 퇴직하고 전업 작가로 나서다. 김원우, 김채원, 유익서, 윤후명 등과 〈작가〉 동인으로 활동하다. 『그대 다시는 고향에 가지 못하리』, 『그해 겨울』을 출간하다. 「필론의 돼지」, 「이 황량한 역에서」를 발표하다.
1981년(34세)	「그해 겨울」, 「하구(河口)」, 「우리 기쁜 젊은 날」 연작으로 이루어진 자전적 장편 『젊은 날의 초상』을 출간하다. 소설집 『어둠의 그늘』을 출간하다.
1982년(35세)	「금시조(金翅鳥)」로 〈동인문학상〉을 받다. 장편소

설 『황제를 위하여』, 『그 찬란한 여명』을 출간하다. 「칼레파 타 칼라」, 「익명의 섬」 등을 발표하다.

1983년(36세) 『황제를 위하여』로 〈대한민국문학상〉을 받다. 장편 『레테의 연가』를 출간하다. 〈경향신문〉에 연재할 『평역 삼국지』의 자료 수집을 위하여 대만에 다녀오다.

1984년(37세) 장편 『영웅시대』를 출간하고, 이 작품으로 〈중앙문화대상〉을 받다. 장편 『미로일지』를 출간하다.

1985년(38세) 소설집 『칼레파 타 칼라』를 출간하다.

1986년(39세) 대하 장편 『변경』을 〈한국일보〉에 연재하기 시작하다. 장편 역사소설 『요서지(遼西志)』를 출간하다. 경기도 이천군 마장면에 작업실을 마련하고, 그곳에서 집필 활동을 시작하다.

1987년(40세) 「우리들의 일그러진 영웅」으로 〈이상문학상〉을 받다. 소설집 『금시조』를 출간하다.

1988년(41세) 나관중의 『삼국지연의』에 작가 자신의 비평을 달아 현대어로 옮긴 『이문열평역 삼국지』를 출간하다. 소설집 『구로 아리랑』, 장편소설 『추락하는 것은 날개가 있다』를 출간하다.

1989년(42세)	대하장편소설 『변경』 제1부 세 권을 출간하다.
1990년(43세)	「금시조」, 「그해 겨울」이 프랑스에서 출간되다.
1991년(44세)	첫 산문집 『사색』을 출간하다. 장편 『시인』을 출간하고, 번역으로 『수호지』를 출간하다. 「새하곡」이 프랑스에서, 「금시조」와 「그해 겨울」이 이탈리아에서 출간되다.
1992년(45세)	산문집 『시대와의 불화』를 출간하다. 단편 「시인과 도둑」으로 〈현대문학상〉을 수상하다. 〈대한민국문화예술상〉(문학 부문)을 수상하다. 「금시조」가 일본에서, 『우리들의 일그러진 영웅』과 『시인』이 프랑스에서 출간되다.
1993년(46세)	장편소설 『오디세이아 서울』을 출간하다. 이탈리아와 네덜란드에서 『시인』이 출간되다.
1994년(47세)	그동안 발표했던 모든 중단편을 모아서 『이문열 중단편전집』을 출간하다. 세종대학교 국어국문학과 정교수로 부임하다. 일본에서 『우리들의 일그러진 영웅』이 출간되다.
1995년(48세)	뮤지컬 「명성황후」의 원작인 장막 희곡 『여우 사냥』을 출간하다. 콜롬비아에서 「금시조」, 「우리들

의 일그러진 영웅」, 『시인』이, 러시아에서 「금시
조」가, 중국에서 「우리들의 일그러진 영웅」이 출
간되다.

1996년(49세)   프랑스에서 『사람의 아들』이, 영국에서 『시인』이
출간되다.

1997년(50세)   장편소설 『선택』을 출간하다. 이 작품을 놓고 여
성주의 진영과 격렬한 논쟁을 벌이다. 세종대학
교 교수를 사임하다. 일본과 중국에서 『사람의
아들』이 출간되다.

1998년(51세)   대하장편소설 『변경』이 전 12권으로 완간되다. 「전
야 혹은 시대의 마지막 밤」으로 〈21세기문학상〉
을 받다. 사숙(私塾)인 부악문원을 열어서 후진
양성에 힘쓰기 시작하다. 프랑스에서 『황제를 위
하여』가 출간되다.

1999년(52세)   『변경』으로 〈호암예술상〉을 받다. 일본에서 『황
제를 위하여』가 출간되다.

2000년(53세)   장편소설 『아가(雅歌)』를 출간하다.

2001년(54세)   소설집 『술 단지와 잔을 끌어당기며』를 출간하
다. 한 칼럼을 통하여 시민단체를 '정권의 홍위

병'에 비유했다가 격렬한 논쟁에 휘말렸으며, 결국 일부세력에 의하여 작품이 불태워지는 이른바 '책 장례식'을 당하다. 그리스와 스페인에서『시인』이, 미국에서『우리들의 일그러진 영웅』이 출간되다.

2003년(56세)   보수 세력의 정치적 재기를 돕기 위하여 한나라당 공천 심사 위원으로 활동하다.

2004년(57세)   산문집『신들메를 고쳐 매며』를 출간하다.

2005년(58세)   스웨덴에서『젊은 날의 초상』에 이어『시인』이 출간되다. 이탈리아에서『사람의 아들』이 출간되다.

2006년(59세)   장편소설『호모 엑세쿠탄스』를 출간하다. 이 해부터 5년 동안 이탈리아에서『우리들의 일그러진 영웅』,『시인』,「금시조」,「그해 겨울」이 재출간되다.

2007년(60세)   독일에서「새하곡」에 이어『시인』이 출간되다.

2008년(61세)   대하역사장편 『초한지(楚漢志)』를 출간하다. 독일에서『황제를 위하여』가 출간되다.

2009년(62세)   〈대한민국예술원상〉을 받다. 러시아와 우크라이나에서『사람의 아들』이 출간되다.

2010년(63세)   장편소설『불멸』을 출간하다.

2011년(64세) 장편소설 『리투아니아 여인』을 출간하다. 중국에서 『황제를 위하여』가, 터키에서 『시인』이 출간되다.

2012년(65세) 『리투아니아 여인』으로 〈동리문학상〉을 받다. 페루에서 「새하곡」과 「금시조」, 태국에서 『황제를 위하여』가 출간되다.

2014년(67세) 『변경』 개정판을 내다. 러시아에서 『우리들의 일그러진 영웅』이 출간되다. 리투아니아에서 『리투아니아 여인』이, 체코에서 『시인』이 출간되다.

2015년(68세) 폴란드에서 『우리들의 일그러진 영웅』이, 미국에서 『사람의 아들』이 출간되다. 〈은관문화훈장〉을 받다.

2016년(69세) 『이문열 중단편전집』(전 6권), 『이문열 중단편전집 출간기념 수상작 모음집』을 출간하다.

2020년(73세) 『삼국지』(전 10권) 개정신판, 『사람의 아들』과 『젊은 날의 초상』 개정신판을 출간하다.

우리들의 일그러진 영웅

개정 신판 1쇄 발행 2020년 7월 15일
개정 신판 8쇄 발행 2024년 7월 23일

지은이 이문열

발행인 양원석
펴낸 곳 ㈜알에이치코리아
주소 서울시 금천구 가산디지털2로 53, 20층 (가산동, 한라시그마밸리)
편집문의 02-6443-8855   **도서문의** 02-6443-8800
홈페이지 http://rhk.co.kr
등록 2004년 1월 15일 제2-3726호

ISBN 978-89-255-5634-5 (03810)